의학의 창에서
바라본 세상

정준기 수필집

의학의 창에서 바라본 세상

의학과 예술, 그리고 인문학

꿈꿀
자유

차례

2 의학과 예술, 그리고 인문학

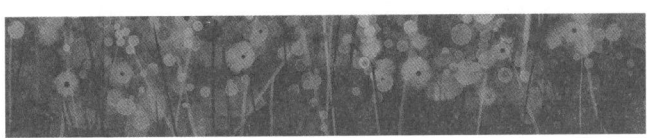

3 생활 속에서

4 의학의 뒷뜰에서

수필을 쓰기 시작한 지도 벌써 10여년이 훌쩍 지났다. 뜻하지 않게 하느님에게 받은 재능인 글쓰기에 재미를 붙여 요즘은 가능하면 주말 일정한 시간에 집필을 한다. 덕분에 꾸준히 글을 모아 세 권의 수필집을 출판할 수 있었다. 이 책은 나의 네 번째 글 모음이다.

이 작품집은 나에게 새로운 의미가 있다. 지난 세 권은 주로 개인의 과거사를 기술한 자서전적인 내용이었지만, 이번에는 주로 의료 현장에서 얻은 감상이나 생각을 적어 보았기 때문이다. 내 자신에서 벗어나 사고의 영역을 우리 의료계, 사회, 생명계의 여러 현상으로 넓혀보려고 했다. 수필가로서 '개인사로부터 홀로서기'를 시도한 셈이다.

의료 분야에서는 40년 동안 의사로서 겪은 일들과 30년 의대 교수 생활이 글의 바탕이 되었다. 거의 일생을 의료계에서 보고 듣고 배웠으니 나름의 소신이 있다. 그러나 바깥 세상 일에 대한 생각은 많이 짧고 부족할 것이다. 자신의 생각과 큰 차이가 있더라도 한 의대 교수의 순진한 감상문 정도로 이해해 주시기 바란다. 특히 문학, 미술에 관한 글들은 내가 봐도 교양강좌 리포트 수준이다. 공부하려는 열의가 남아 빚어진 얼룩이다. 독자 여러분의 넓은 아량과 따뜻한 질책을 바란다.

서울대학교병원 의학역사문화원장을 마친 후 짬을 내어 저녁에 불교대학을 다닌다. 그간 꼭 하고 싶었던 일이다. 불자는 아니지만 불교와 부처님에 대한 이야기를 들으면서 즐긴다는 기분으로 나간다. 당연히 불교에 대한 글도 쓰게 되어 이 책에도 몇 편 실었다. 다시 한 번 양해를 바란다.

이 글의 대부분은 서울특별시 의사회에서 발간하는 〈의사신문〉에 격주로 연재 중인 칼럼 〈마로니에 단상〉에 실렸던 것들이다. 이 칼럼을 만들고 지금까지 가꾸어 온 김기원 편집국장님께 깊은 감사를 드린다. 이 책은 제자이자 대학 후배인 강병철, 원경란 선생님 부부의 호의로 작은 출판사 '꿈꿀자유'에서 출간했다. 어려운 상황임에도 기꺼이 원고를 맡아주어 크나큰 고마움을 표하고, 양현숙 편집장님의 노고에 치하드린다. 원고 정서와 교정을 도와준 최정희, 남은주, 김수정 씨에게 특별한 감사를 전하다. 끝으로 언제나 곁에서 도와주는 사랑하는 아내와 우리의 분신인 아들, 딸, 손자, 손녀, 그리고 든든한 두 사위와 함께 분에 넘치는 이 축복을 나누고 싶다.

2016년 3월 연건동에서

정준기

이명철(서울대학교 명예교수, 한국과학기술한림원 원장)

나와 정준기 교수는 40년 지기의 벗이다. 나이로는 내가 선배지만, 그는 나에게 늘 벗 이상으로 존재해 왔다. 청년 때 만나 백발이 된 오늘날까지 우리나라에서 신생 핵의학을 세계적 수준으로 끌어올리는 데 함께 인생을 바쳤으니, 평생을 같이 한 동지이기도 하다. 논어에 '익자삼우益者三友'란 구절이 있다. 이롭고 보탬이 되는 친구로 정직, 믿음, 지식 세 가지를 꼽았는데, 바로 정 교수가 이를 모두 갖추었으니 "내가 운이 좋아 친구 농사 한번 참 잘 지었구나"하는 생각도 든다.

그를 보면 '펜을 든 의사선생님'이라는 칭호가 생각난다. 임상진료, 연구, 교육으로 누구나 혀를 내두를 정도로 바쁜 의대 교수로 활동하면서도 그는 꾸준히 수필을 써왔다. 서울대병원 의학역사문화원장 시절부터 정 교수는 의학과 인문학을 아울러 읽는 사람의 마음을 따뜻하게 만드는 에세이들을 발표해 왔다. 그의 산문집 〈젊은 히포크라테스를 위하여〉, 〈소소한 일상 속 한줄기 위안〉, 〈참 좋은 인연〉은 지금도 다양한 독자층에서 읽히고 있다. 나는 그의 몸 속에 인문학 유전자가 있다고 확신한다.

이번 〈의학의 창에서 바라본 세상〉 또한 문필가로 그의 뛰어난 능력이 유감없이 녹아들어 있다. 이 책에서는 40여개의 단상을 '의학의 현장에서', '의학과 예술, 그리고 인문학', '생활 속에서', '의학의 뒷뜰에서'라는 4개의 장으로 나누어 실었다. 그는 때로 의학을 통달한 원로 교수가 되기도 하고, 때로는 인문학을 연구하는 학자가 되기도 하며, 시대를 분석하는 평론가가 되기도 한다. 다양한 시각에서 펼쳐지는 이 이야기들은 누가 읽더라도 '있는 그대로' 재미있게 받아들일 것이다. 나는 이 책이 저자가 말한 "나이가 들면서, 늙어가는 것이 아니라 무르익어 간다"는 개념을 보여주고 느끼게 하는 걸작품이라고 생각한다. 평소 우리가 생활 속에서 막연하게 감지하던 것들을 그는 쉽고 명쾌하게 정리하여 마음에 닿게 알려준다.

그와 나는 다른 듯 같은 모습이었다. 나는 주로 사람 간의 연결을 강조하며 대외적으로 활동하였고, 그는 학교에서 학문과 연구에 집중하였다. 우리는 핵의학 발전이라는 같은 목표를 위해 서로 다르지만 상호 보완했다. 원래도 단짝이지만 2004년 내가 권한 건강검진에서 숨어있는 위암을 발견한 후로는 나를 친형, 생명의 은인으로 표현하곤 한다. 건강이 좋지 못한데도 꾸준히 학문과 집필에 매진하는 것을 보니 "병마病魔가 이 사람은 막지 못하겠구나" 하는 생각이 든다.

정 교수의 이러한 문학적 업적을 보며 대학, 학과, 인생 선배로서 기특함을, 오랜 벗으로서 축하를, 또 목표 달성을 위해 생사고락을 함께한 동료로서 경의의 마음을 가득 담아 큰 박수를 보낸다. 이 글을 쓰다 보니 문득 동고동락하던 시절이 그리워진다. 앞으로 가능한 많은 시간을 내어 같이 지내야겠다고 다짐한다.

이윤성 (서울대학교 의과대학 교수, 대한의학회 회장)

우선 이 책의 발간을 축하한다. 정준기 교수에게서 추천사를 부탁 받았으나 막상 쓰려니 글 쓰는 일이 여간 어렵지 않다. 그런데 정 교수는 벌써 네 번째 수필집이다. 겉으로는 조용해 보이나 사실은 엄청난 이야기꾼이자 수다쟁이(?)인 것이다.

꽤 오래 전 일이다. 우연히 지하철 안에서 만났는데 나를 보자 프린터로 출력한 애기 사진 서너장을 가방에서 꺼냈다. 오늘 미국에 있는 딸이 인터넷으로 보낸 첫 손자 사진이라며 나에게만 특별히 보여준단다. 그러면서 예쁘지 않으냐고 물었다. 그렇다고 하면서 사진을 돌려주었더니, 다시 보란다. 정말 예쁘지 않으냐면서. 퉁명스럽게 "아~ 그래 이뻐, 이쁘다니까!"하면서 돌려주었다. 나는 그 일을 몇 년이 지나서 사과했다. 나에게도 손녀가 생겼고 그제야 제 손주가 지독히 예쁜 줄을 알았기 때문이다.

정 교수가 글을 쓰기 시작했을 때도 그랬다. 만나면 느닷없이 컴퓨터로 출력한 한두장짜리 글을 보여주었다. 한 번 읽어 보랬다. 재미있는 글도 있고 재미없는 글도 있었다. 같은 학교에 같은 해 입학하여 함께 졸업하고, 따로 지낸 적도 있지만 같은 교정에서 교수로 근무하였으니까 당연히 그의 글거리(소재)에는 내가 아는 내용이 많다. 즉, 새롭지가 않은 것이다. 그러나 내가 잊은 일을 그는 기억했고, 그 일에 나름대로 의미를 부여하여 나는 "그때 그랬어?"하고 감탄하기도 한다.

그는 평소에 말이 적어 밖으로는 조용하고 내성적으로 보인다. 실은 외부 일에 관심이 많은 수다쟁이기도 하고, 감수성이 특별하다. 다른 이에게는 별다를 것 없는 일도 그는 여리고 풍부한 감성으로 받아들여 기억 창고에 차곡차곡 쌓았다가 잘 익혀서 조곤조곤 풀어낸다. 사사로운 이야기부터 친구들이나 선후배 이야기, 자신의 평생을 쏟아부어 이제는 번듯하게 만든 핵의학과와 핵의학 사람들 이야기 그리고 서울의대, 서울대학교병원, 의료계에 관한 생각을 그렇게 풀어낸다. 또 이제는 삶에서 만나는 기쁨, 애환, 신념을 이야기하면서 인문학과 종교도 다룬다. 나는 때때로 그의 이야기 속에 언뜻 내비치는 가르침에 깜짝 놀라기도 한다.

프로야구를 무척 좋아하며, 뚜렷한 학문적 업적을 쌓았고, 위胃를 모두 들어내는 큰 수술을 받고도 늠름하게 회복했고, 곧이어 닥친 신경병에 맞서 싸우는 외유내강인 정준기 교수. 그 과정에서 풀어내는 이야기, 특히 자신의 생각을 드러낸 이야기를 들어보자. 편안히 등을 기대어 이번 책을 읽을 상상을 하니 벌써부터 살짝 가슴이 뛴다.

1
의학의 현장에서

갓 의사가 된
젊은이에게

1977년 의과대학을 졸업하고 병아리 의사가 되어 대학병원에 인턴으로 근무하게 되었다. 처음에는 환자나 보호자를 대할 때 쑥스럽고 부자연스러워 얼굴이 화끈거렸다. 물론 사람을 고치는 의사라는 직업에 대한 사명감과 자부심 때문이기도 했다. 인턴 초반에는 주로 외과계열을 한 달씩 돌아가며 근무했는데 수술장에 출입할 때면 입구에서 환자 가족들의 걱정스런 얼굴과 간절한 눈빛에서 의업醫業의 숭고한 가치와 소속감에 전율을 느끼곤 했다. 한편으로는 내 지식과 능력을 확신할 수 없어 불안하기도 했다. 환자가 지닌 병을 다 찾아내지 못할 것 같았고, 상태에 맞게 적절한 치료를 할 자신이 없었다. 어떤 선배는 의대를 졸업하니 모든 병을 다 진단하고 치료할 수 있겠다는 착각이 들더라고 했지만 나는 그간 습득한 방

2

대한 지식을 미처 소화도 못한 상태였다. 이런 형편이라 솔직히 환자를 보는 것도 유치원생들의 의사놀이와 큰 차이가 없었다. 체계적인 지식과 실제 경험 없이 흉내만 내는 꼴이었다.

인턴 때 파견 나간 시립병원에서 직장 신체검사를 하게 되었다. 한 중년 남성을 진찰하는데 공복에 속이 쓰리고 소화도 잘 되지 않는다는 게 아닌가! 체중도 좀 줄었다고 하고 명치끝에 혹이 만져지는 것 같기도 했다. 숨어있는 병을 찾아내야 한다는 강박관념에 사로잡힌 나는 그 자리에서 위암이 의심된다고 단호하게 선고했다. 놀라고 당황한 그는 곧바로 위내시경 검사를 받았다. 결과는 가벼운 위염이었다. 항의조로 찾아온 그 분 앞에서 치기에 가까웠던 내 행동에 스스로도 황당했던 기억이 난다. 비슷한 경험과 고민을 겪은 선배들이 조언을 해주었다. 우선 환자를 자주 보아 상태를 정확하게 파악하라고 했다. 조금이라도 이해가 안 되는 증상이 있으면 놓치지 말고 주시해야 한다. 정상이든 병적 상태든 증상은 너무나 다양하기에 고정관념을 가지면 오진을 할 수 있기 때문이다. 요즘은 환자의 수명이 길어져 한 가지 병이 아닌 복합적인 질환도 많다. 특히 두 가지 이상의 암을 가진 환자도 많아졌다.

의대를 졸업한 후에도 배움은 계속된다. 이미 2,400여년 전에 '의사의 일생은 짧고 의술은 길다life is short, art is long'고 설파한 의성

醫聖 히포크라테스의 말대로 전부터 사용했던 지식과 진료수기를 배우고 익혀야 한다. 선배나 스승께 배우고 책으로 확인하여 더욱 체계적인 지식을 얻는다. 각종 의료수기도 기본 원리를 이해하고, 가능하면 교과서에 있는 표준 방법을 내 것으로 익혀야 한다. 게다가 의사는 항상 완벽한 상태에서 환자를 보아야 한다. 환자는 의사가 정신적, 신체적으로 최상인 상태에서 진료할 것을 기대한다. 전날 응급실에서 밤을 새웠든, 식사도 거른 채 수술을 하든 상관하지 않으며, 그런 핑계도 통하지 않는다. 환자 입장에서 생각해 보면 당연한 일이다. 따라서 근무 중인 의사는 자기 관리를 철저히 하는 것이 의무다. 환자와 가족들은 항상 의사에게 최선을 원한다. 따지고 보면 적지 않은 환자가 현대의학으로도 치료를 못한다. 악성종양, 만성 성인병, 유전질환 등 어쩔 수 없는 경우가 아직도 많다. 그러나 이때도 의료진이 할 수 있는 역할이 많다. 병을 고치지 못하더라도 잘 관리하고, 악화 요인을 알려주는 등 도움을 줄 수 있다. 환자를 가족이나 친구처럼 걱정하고 정신적, 감정적 응원도 해 주어야 한다.

리더십도 갖추어야 한다. 의사, 간호사, 기사 등 직접적으로 의료에 관여하는 직책으로부터, 행정, 청소, 식사, 안내, 운전 등 인간 사회에 필요한 수많은 직종이 모인 곳이 병원이다. 원장을 비롯한 간부진이 병원을 운영하지만, 환자를 진료하는 데는 의사가 리더가 될 수밖에 없다. 나이와 경험이 많은 간호사나 기사라도 젊은 의사의 판단과 지시에 따라야 한다. 의사가 훌륭해서가 아니라 환자와 병을 관리하는 전문 지식이 있기 때문이다. 나는 병아리 의사에게 늘 겸손하고 실력을 갖추라고 권고한다. 다른 직종들과 잘 융합하고 환자를 잘 진료하기 위해서다. 리더가 될 수밖에 없는 의사가 진짜 실력이 있고 인간적이라면 모두와 잘 지낼 수 있다. 젊은 의사일수록 열심히 공부하고 성심껏 진료해 다른 직종이 스스로 따르도록 해야 한다.

500여 년 전 조선 초기에 대사헌을 지낸 이석형 공은 〈의원정심醫員正心〉이란 것을 제정했다. 한국의 히포크라테스 선서라고 할 수 있는 이 계율은 의사를 의자醫者, 의원醫員, 의학자醫學者 등 세 단계로 나눈다. 의자는 공부를 열심히 하고 실수하지 않는 기본적인 의술을 갖추어야 한다. 의원은 여기에 더해 사람을 차별하지 않고 성실하게 환자를 보아야 한다. 의학자는 최상급의 의사로 성聖스럽게 환자를 대하여 세상의 존경을 받는 사람이다. 성스럽게 환자를 대한다는 것은 무엇인가? 어떻게 성스럽게 환자를 볼 수 있을까? 이석형 공은 환자 진료에서 이득을 취하지 않는 태도라고 했다. 의사가 자기 이해관계를 떠나 오직 환자의 입장에서, 환자를 위해 진료를 하라는 뜻이다. 넓게는 의료인이나 병원 중심이 아닌 환자 중심의 진료를 뜻한다고도 볼 수 있다. 그러면 어떻게 이런 태도를 유지할까? 쉽지 않은 질문이다. 병아리 의사 때 느꼈던 전율을 떠올려 본다. 의업에 대한 숭고한 자긍심! 의업에 막 입문했을 때의 초심을 유지하는 것이야말로 성스럽게 환자를 보려는 마음가짐의 출발이 아닐까?

의학 공부도
근본으로 돌아가자

흔히 난관에 부딪히면 "근본으로 돌아가 원칙에 충실하자"고 한다. 원칙을 잊어버린 결과 행동이 어긋나 문제가 생겼다고 보는 것이다. 자연이나 인간사에서 나타나는 현상과 사건에는 모두 원칙이 있다. 그 원칙에 따라 자연현상이나 생명체의 행동양식을 과학적으로 설명하고 예측할 수 있다. 예를 들어 분수에서 물이 뿜어 나온다면 물방울 입장에서는 자유롭게 뛰어 나간다고 생각할지도 모르지만 밖에서 보면 뻔한 포물선을 그린다. 광대한 우주공간을 도는 수많은 별의 복잡한 행적도 천체물리학적으로 예측한 궤도를 벗어나지 못한다. 인간을 비롯한 생물체도 마찬가지다. 어두운 밤에 불나방을 보면 불빛을 향해 무작정 돌진하는 것 같지만 사실 일정한 각도를 그리면서 불빛에 접근한다. 아름다운 봄날 향기로운 꽃 주위를 맴도는 나비나 꿀벌도 자외선에 민감한 눈으로 착륙지점을 정확하게 본다고 한다. 청춘남녀가 한눈에 반한다고 하지만 의학적으로 보면 성호르몬과 대뇌 신경수용체의 작동에 의한 것이다. 물론 감정 같은 주관적인 요인도 끼어들지만 이것조차 과학적으로 밝혀지고 있다. 자연계와 인간사가 돌아가는 근본 원리를 안다면 좀 더 현명하게 살아갈 수 있다. 각종 재해를 예측하고 준비하는 데도 도움이 될 것이고 갈등을 해소하고 지적, 감성적 능력을 최대화할 수도 있다.

의과대학에 다닐 때 얘기다. 공부할 것은 엄청난데 능력은 모자라 주어진 학습 분량을 제대로 소화하기가 쉽지 않았다. 동료들이 워낙 우수하여 따라가기 어렵다는 생각에 의기소침해지기도 여러 번이었다. 그럴 때면 "왜 의학을 공부하는가?" 스스로 묻곤 했다. 왜 이 고생을 하는가? 배곯지 않고 행복하게 살기 위해서인가? 그것 때문만은 아니었다. 다소 어수룩하지만 이상적이었던 나는 단한 번 주어진 인생을 알차게 살고 싶었다. 아버님의 강력한 권유로 의대를 택했지만 의학의 길에서 인류봉사와 자기완성이라는 두 마리 토끼를 잡고 싶었다. 이렇게 선한 의지로 공부하는데 신이 계신다면 도와주리라는 생각도 있었다. 주변의 기대에 약한 모습을 보이고 싶지 않기도 했다. 의대에서는 시험도 지긋지긋하게 많이 보았다. 대충 세어보니 일 년에 백여 번 크고 작은 퀴즈와 시험을 치렀다. 내성적인 나는 정신적 부담에 따른 호르몬 불균형으로 심한 여드름에 시달렸다. 과민성 대장증후군으로 걸핏하면 설사도 했다. 그래도 끝까지 견뎌낸 것은 근본 이유를 되새기며 끊임없이 마음을 다잡은 덕이었다. 우수한 동료와 같이 공부하고 선의의 경쟁도 하면서 지식을 습득하고 의술을 연마했다. 능력이 떨어지는 내가 선택한 길은 모든 시간과 능력을 공부에 쏟아 붓는 것이었다. 매일 도서관 문을 닫을 때까지 공부했다. 방학 중에도 도서관에 나갔고, 외출할 때는 의학 서적을 대출하여 들고 다녔다. 심지어 데이트할 때도 인체의 기능과 병리 현상을 사진과 그림으로 설명한 아틀라스를 갖고 나가 틈틈이 보곤 했다. 방학 때는 심전도실 등 병원의 특수 검사실에 나가 일을 거들면서 집중적으로 공부하기도 했다.

졸업 후 전공의 때도 마찬가지였다. 당시 서울대학교 병원은 몇몇 시립병원과 지방의료원에 수련의를 내보냈다. 파견을 나가면 환자 부담이 적어 시간 여유가 있었는데 주로 숙소에서 카드놀이로 소일했다. 하지만 우리 그룹은 유난히 공부 욕심들이 많았다. 시립병원에 파견 나간 첫 날 의논을 하여 쓸데없이 시간만 보내는 카드놀이는 하지 않기로 했다. 당시 시립병원에는 연세가 드셔서 경험은 풍부했지만 최신 지식은 다소 부족한 의사선생님이 많았다. 이 분들은 항생제를 원칙 없이 지나치게 많이 사용하는 경향이 있었다. 그렇다고 대선배들의 처방을 이래라 저래라 할 수는 없는 노릇이었다. 고심 끝에 우리는 한 가지 제안을 했다. 항생제 사용에 대한 최신 지식을 공부하여 발표하겠다고 한 것이다. 모두들 수련의들이 기특한 제안을 했다며 기꺼이 들으러 오셨다. 우리는 공부를 하고, 선배들은 최신 지식을 습득했으며 환자들은 항생제를 제대로 쓰게 되었으니 모든 사람이 이익을 본 셈이다.

전공의를 마치고 입대하여 서울지구병원에 근무하게 되었다. 군의관 시절은 의사의 일생에서 가장 한가롭고 자유로운 기간이다. 대부분 이 때 골프도 배우고 본의 아니게 소홀했던 가정도 돌보며 여유를 만끽한다. 요즘은 법으로 엄격히 금지되었지만 의사가 태부족이었던 당시에는 민간 병원에서 아르바이트를 하여 제법 큰 돈을 모으는 사람들도 있었다. 나는 3년을 군병원에서 지내면서 당시 새로 도입된 미국의사시험을 준비했다. 제대 말년에는 다시 극성파들이 뭉쳤다. 대학교수직을 희망하는 동기들끼리 의기투합하여 준비를 시작한 것이다. 의학 통계와 영어논문 작성에 관한 책자를 구해 서로 발표하면서 공부했다.

교수가 된 후 가장 큰 스트레스는 국제학회에서 발표하는 것이었다. 영어 실력도 신통치 않은 데다 성격마저 소심한 나에게는 그런 고역이 없었다. 처음에는 전문을 통째로 외워 발표했지만 여전히 불안하고 마음이 편치 않았다. 고민 끝에 다시 한번 원칙을 생각해보았다. 학술대회에서 연구한 것을 발표하는 이유는 무엇인가? 결국 인류의 보건향상을 위해 전 세계 학자들이 한데 모인 자리에서 내가 연구한 것을 같이 공부하고자 발표하는 것이다. 나도 청중도 모두 선한 의지로 모여 서로 돕고 배우려고 발표하고 질문하는데 불안해 할 필요는 없는 것이었다. 더 나아가 청중 입장에서 내 강의를 분석해 보았다. 청중의 입장에서 보니 여기 저기 허점이 눈에 들어왔다. 그래서 우리말 강의보다 훨씬 자세하고 논리적으로 슬라이드를 만들고 세밀하게 설명했다. 강의를 듣는 상황도 고려했다. 아침 첫 강의인지, 식사 후 졸린 시간인지에 따라 내용과 순서를 변경했다. 자기의 단점을 아는 것도 중요하다. 나는 목소리가 작고 톤이 일률적이다. 그래서 강의할 때는 마이크를 사용하고 가급적 큰소리로 이야기한다. 중요한 부분은 청중이 이해했는지 확인한다. 근본은 멋있는 강의가 아니라 지식의 전달이다. 몇 년을 꾸준히 노력한 결과 이제는 비교적 쉽고 이해하기 쉽게 강의할 수 있다. 덕분에 나는 동남아에서 '핵의학을 쉽고 재미나게 강의하는 한국 선생님'으로 불린다.

전공의 지원 현황을
보고

많은 사람이 사회가 점점 혼돈 상태로 흘러간다고 걱정한다. 다양화 과정이라고도 하지만 기존 질서와 가치가 더 이상 통용되지 않고 어떤 일에 대해서든 쉽게 판단하기 어려운 상태인 것만은 분명하다. 의학 분야도 마찬가지다. 최근 전공의 지원 경향을 보면 해마다 바뀌는 양상이 혼돈스러워 언뜻 이해하기 어렵다. 그러나 자세히 들여다 보면 젊은 의사들이 현 상황을 어떻게 생각하고 앞으로 어떠한 방향으로 변할지 암시를 얻을 수 있다.

2015년과 2016년에 가장 두드러진 현상은 내과 전공의 미달 사태다. 외과 분야는 이미 수년 전부터 3D 업종으로 인식되어 미달 사태를 빚었으나 내과는 처음이다. 지방 대학병원 중에는 내과와 외과에 지원자가 한 사람도 없는 곳이 있다. 의사가 되겠다는 사람들이 의술의 시작이자 본령을 외면하는 것이다. 고속도로를 피해 오솔길로만 달리는 꼴이다. 의학 자체에 대한 관심이 줄어든다는 증거다. 의사의 정체성이 변했다는 증거일 수도 있다. 일반인들이 의사의 역할이라고 여기는 일이 의사 자신의 생각과 달라진 것이다. 피부과 전문의가 피부병은 보지 않고 피부 미용 관리만 한다. 가정의학과 의사가 일차 주치의 업무는 회피하고 비만 치료에만 열중한다. 실제로 이러한 예가 적지 않아 이제 중증 피부병은 대학병원에서만 진료하고 가정의학과는 존재 의미가 흔들린다. 이런 현상은 심각하지만 앞으로도 지속될 것 같다. 종국에는 의료인의 정의가 달라질 수도 있겠다. 질병을 예방하고 진단, 치료하는 전문 직업인이 아니라 사람의 신체 표면을 변화시켜 이익을 취하는 기술자로 여겨질지도 모른다. 의사 스스로 이렇게 생각한다면 숭고한 봉사정신 대신 깔끔한 성격에 손재주가 있는 현실주의자가 되려고 할 것이다.

누구나 짐작하듯이 이러한 현상의 원인은 배금주의다. 쉽게 많은 돈을 버는 전문분야를 찾아 헤매는 것이다. 해마다 보험 정책의 변화에 따라 수입이 높은 분야가 변하고, 이런 과에 신청자가 몰리는 현상이 반복된다. 또 다른 이유를 들자면 어려운 일은 피하고 편안한 생활을 추구하는 소시민적 경향이다. 명예보다는 안

락, 인생의 성공에서 얻는 보람보다는 사소한 일상의 행복을 택하는 것이다. 전통적으로 의업의 매력은 돈을 버는 경제적인 활동과 일에서 얻는 보람이 완벽하게 일치되는 데 있었다. 대부분의 직업은 자기완성이나 만족과 관계없는 일에서 경제적인 이익을 취한다. 주어진 운명을 이겨내고 성공한 위인들은 먹고 살기 위한 직업이 따로 있었다. 철학자 스피노자는 안경 렌즈를 만들었고 박수근 화백은 시계 수리로 생활비를 벌면서 철학과 회화를 공부했다. 그러나 의사는 환자를 진료하면서 돈을 벌고 동시에 보람과 성취감을 느낀다. 젊은 의사들이 의업의 이러한 매력과 보람을 인식한다면 좋겠다. 돈의 위력은 점점 거세진다. 모든 인간사에서 배금주의가 만연하여 이제 어떤 힘으로도 막기 어려운 지경에 이르렀다. 의료 체계를 개선하려면 먼저 이런 현실을 인정해야 한다. 지극히 상식적인 말이지만 힘들고 고생스러운 의료행위에 응분의 보상을 해주어야 한다. 전 국민 의료보험제도를 보다 효과적인 체계로 개편해야 하는 것이다. 의약분업 제도, 가정 주치의−전문의 제도 등은 미국에서 의사가 적었던 시절에 만든 것들이다. 우리 현실에 맞게 고치지 않는다면 의료비와 인건비의 낭비를 막을 수 없다. 건강이 최고의 관심사가 된 이상 개인은 조금 더 부담하고 국가는 전폭적으로 지원해야 한다. 일각에서 공공의료가 공짜라는 인식하에 선심성으로 낭비하는 경우도 없어져야 할 것이다. 결국 의료계 전체의 파이를 늘리고 합리적으로 분배해야 내과, 외과가 과거의 인기와 영광을 되찾을 것이다.

무엇보다도 의료인의 역할이 중요하다. 개업의는 한계가 많다고 생각할 것이다. 그러나 매일 환자와 접촉하고 이들을 옳은 방향으로 이끌 수 있는 사람들은 일선에 있는 임상의사다. 민심이 천심이라는 말대로 국민의 마음이 움직여야 전체적인 방향이 바뀔 것이다. 종합병원 의사나 의과대학 교수도 사회적 책무를 다해야 한다. 방송에 나와 예능인처럼 행동할 것이 아니라 생활보건지도를 하고 과학적인 의학지식을 계몽해야 한다. 도처에 만연한 비과학적 민간, 한방 신료에도 적극적으로 대처해야 한다. 의사단체도 역할을 강화해야 한다. 과거 집행진에 문제가 있었다고 외면하면 안 된다. 의사라는 전문인 집단의 가장 중요한 공적 대외창구이기 때문이다. 조직적, 장기적으로 강화된 행동으로 정부와 국민을 설득해야 한다. 대학에서는 의료윤리와 인문학 교육을 강화해야 한다.

혼돈은 새로운 질서로 나아가는 시작점이다. 역사란 순기능과 역기능이 반복적으로 작용하여 그 합을 이루는 과정이다. 의사 개개인이 의료 역사를 바꾸는 주역이 되어야 할 때이다.

내가 바라는
병원

우리 집안에는 의사가 없었다. 아버지의 강력한 권유로 의과대학에 진학했으나 나는 의사라는 직업과 병원이라는 환경에 대한 구체적인 개념이 없었다. 심지어 병치레조차 별로 해 본 기억이 없다. 그저 '의술은 인술'이고 가장 바람직한 의사는 슈바이처 박사라는 막연한 생각만 갖고 있었다.

의대 본과 3학년이 되어 처음 병원에서 임상 실습을 하게 되었다. 대학병원에서 받은 첫 인상은 실망 그 자체였다. 내가 생각했던 모습과 전혀 달랐다. 환자가 아닌 의료진 중심으로 돌아갔고 특히 교수님의 영향력이 막강했다. 퇴원 직전의 환자가 의학집담회의 케이스로 선정되자 퇴원을 미루고 교과서에 맞추어 진단과 치료를 다시 하는 일도 있었다. 지금은 학생이니까 참고 공부하지만 의사가 되면 내 생각에 맞는 의료 환경을 만들겠다고 다짐했다. 그러나 레지던트를 다른 병원에서 할 수는 없었다. 오히려 어떻게든 대학병원에 남으려고 치열하게 경쟁했다. 취업이나 장래 활동에 유리하기 때문이다. 병원의 환경은 여전했다. 환자는 주인이 아니라 교육 자료일 뿐이었다. 다시 한 번 레지던트만 마치면 내 뜻대로 하리라 생각했다. 봉사정신에 충실한 의료진이 환자 위주로 운영하는 따뜻한 병원에서 일하고 싶었다. 그러나 그것은 마음뿐, 같은 대학병원에서 교직을 얻어 정년을 앞둔 지금까지 계속 근무하고 있다. 처음 교수가 되었을 때는 영향력이 적어 진료 환경을 바꿀 수 없다는 생각으로 여전히 수동적이었다. 그러나 과장이 되고 원로 교수가 되어서도 크게 애쓰지 않았다. 조금 노력은 했으나 큰 틀을 바꾸기는 불가항력이라고 자위했다. 계속 핑계만 대고 지낸 셈이다.

대학병원은 일반 종합병원과 확실히 다르다. 환자 진료가 의학 교육과 연계되기 때문이다. 환자와 질병을 교재 삼아 학생과 레지던트를 교육시키는 것이 대학병원을 세운 원래 목적이다. 의학 발전을 위해 연구도 필수적이다. 실제로 업무의 우선순위 자체가 교육, 연구, 진료 순이다. 환자 입장에서는 받아들이기 어렵겠지만 과거에는 더 했다. 외래 환자는 학생이 먼저 진찰하고 나중에 진찰 내용을 교수님에게 설명하며 일대일로 교육을 받았다. 교수님 지도하에 레지던트가 수술하는 경우도 적지 않았다. 특히 응급 수술은 으레 외과 수석 레지던트 몫이었다. 당시는 환자나 가족도 묵시적으로 이러한 관례에 동의했다. 의사가 적었기에 수련 중인 레지던트가 주치의로 진료를 주도하고 교수님은 뒤에서 자문 역할을 했다. 학술집담회를 해도 인턴이 증례를 발표하고 주치의인 1년차 레지던트가 보충 설명과 질문에 대한 답변을 맡았다. 심지어 인턴이 말년이 되어 어느 정도 익숙해지면 주치의 대신 진단과 치료 방침을 결정하기도 했다. 지금은 인권의 중요성이 강조된 나머지 레지던트가 진료의 주도권을 잡지 못한다. 인간의 생명을 어설픈 수련의사에게 맡길 수 없다는 것이다. 일리가 없지는 않으나 초보 의사에게 의학과 의술을 가르쳐야 하는 대학병원에서는 어느 정도 이해와 타협이 필요하다.

하긴 병원 분위기를 바꾸려고 나름대로 작은 노력은 했다. 레지던트 시절 회진 때는 환자에게 친밀감과 안도감을 주기 위해 가능한 손을 잡고 이야기를 나누었다. 핵의학과 의무장 시절에는 과장님과 상의해 직원 공모를 통해 '친절한 진료, 앞서가는 연구, 화목한 생활'이라는 과훈을 정했다. 과훈을 적은 액자를 곳곳에 걸어놓고 워크숍, 망년회 등 행사 때마다 모든 사람이 마음을 새로이 다졌다. 그러나 의료진 중심의 환경이 크게 변했다고 보기는 어렵다. 39년간 의사 생활을 하면서 핑계만 대고 진정으로 노력하지 않은 것이다. 현실과 적당히 타협하며 지내왔으니 지금 생각하면 부끄럽고 아쉽다. 다만 세월이 흐르면서 처음 생각하던 이상적 의료라는 개념이 다소 달라졌다. 의료 행위는 상거래와 근본적으로 다른 점이 있다. 소비자의 입장과 생각을 그대로 반영하면 적절한 진단과 치료를 하지 못할 수 있다는 것이다. 환자는 자기 생각과 의견대로 진료받을 수는 없다. 의료진이 환자보다 전문적인 지식이 있기 때문이다. 소중한 생명을 지키려면 환자와 상의는 하지만 판단과 선택은 의료진이 해야 한다.

　비람직한 모습은 무엇일까? 의료진은 인간으로서 환자를 사랑하는 감성과 전문가의 냉철한 이성을 가지고 진료해야 한다. 환자의 편의와 의견을 최대한 존중하면서 학문적, 과학적 지식으로 진단하고 치료하는 것이다. 때로는 환자의 요구에 반하여 진료 방침을 강요할 수도 있고, 때로는 윗사람 같은 태도로 환자를 이끌기도 해야 한다. 의학 교육 또한 달라져야 한다. 의학 지식과 기술은 물론 인문학 교육이 병행되어야 하는 것이다. 의사 이전에 인간이 되라는 말이다. 더 강조하고 싶은 것은 의학을 배우는 자세이다. 귀중한 인간의 생명을 구하는 역할을 하려면 의업을 최우선으로

하고 끊임없이 공부해야 한다. 알맹이 없이 친절만으로 가장한 진료는 일종의 사기 행위다. 이런 특수성 때문에 교양 교육은 별도로 하는 것보다 현장에서 의학 교육과 함께 꾸준히 시행해야 효과가 크다.

이제 의술은 의료인의 일방적인 인본주의적 봉사가 아니라 의료 소비자와 공급자 간의 거래 행위가 되었다. 나날이 발전하는 현대 의술을 효과적으로 이용해야 좋은 병원이다. 슈바이처 박사의 따뜻하고 인자한 웃음 뒤에는 아프리카에서 병원을 성공적으로 운영하기 위해 준비했던 기나긴 세월의 치열했던 준비 과정이 숨어 있다. 화려한 건물에 '고객은 왕'이라고 써붙이고 환자의 의견에 좌우되는 진료가 아니라 완벽한 의료기자재와 소프트웨어를 갖추고 환자를 위해 최선을 다하는 진료를 제공해야 한다.

생각해 보니 내가 근무하기를 바라는 병원이 이 세상 어딘가에 따로 있는 것이 아니다. 우리나라 의료진의 수준은 세계 최상급이고, 대형 병원에는 최첨단 의료장비가 경쟁적으로 설치되어 있다. 이제 인적 자원과 의료제도 같은 소프트웨어만 개선하면 된다. 의료진은 오로지 환자를 위하여 생각하고 행동하며 환자와 가족 또한 전문가를 믿고 존중하는 분위기와 여건을 만들어야 한다. 이렇게 환자 중심의 따뜻한 병원이 존재하려면 전제 조건이 있다. 의사에게 경제사회적으로 일정 수준을 보장해서 환자 진료가 의료진의 이익에 영향을 받지 않아야 한다. 또한 이런 조건에서도 병원이 재투자할 여력을 갖도록 의료 시스템을 개선해야 한다. 환자와 가족 또한 전문가인 의료인을 존중해야 한다. 현실은 과연 어떠한가?

진정한 명강의

"교수는 평생을 공부하면서, 배우고 익힌 것을 후학들에게 전수하는 직업이다."

대학 때 지도교수셨던 김기환 교수님의 지론이다. 제자들을 가르치는 방법 중 가장 대표적인 것이 강의법이다. 나는 대학에 다니면서 아르바이트로 중고생들을 가르쳤고 전공의 시절 교수님의 학생 지도를 도와드리기도 했지만 1985년 전임강사로 발령을 받고서야 비로소 정식 강의를 하게 되었다. 첫 강의의 기억이 지금도 새롭다. 어색한 태도와 머쓱한 표정으로 강단에 서서 첫 강의라는 것을 밝히자 학생들은 박수로 환영했다. 비로소 교수가 되었다는 사실을 실감했다. 뜬금없지만 초등학교 5학년 때 히치콕의 영화를 보고 교수직을 동경하게 되었다. 저명한 대학교수인 여주인공의 남편이 다른 도시로 강의를 간 사이에 벌어지는 살인사건 이야기였다. 교수는 얼굴 한번 비추지 않았지만 학문의 깊이가 있으면 먼 곳까지 알려져 초청을 받기도 한다는 사실에서 막연한 동경을 느꼈던 것 같다. 나도 그 정도로 높은 학문의 경지에 이르고 싶었다. 수많은 영화 중에서 왜 히치콕의 공포물, 그것도 별로 중요하지도 않은 내용에 마음이 끌려 장래 직업까지 생각하게 되었는지는 스스로도 알 수 없는 일이다.

선생이 되어 강의하는 것은 즐겁고 보람된 일이었다. 지적 호기심이 가득한 젊은 눈동자들이 나의 일거수일투족을 놓칠세라 따라오고, 어려운 내용을 명쾌하게 설명하면 감탄사가 터졌다. 기초의학 지식을 실제 임상 증례와 연결히여 설명힐 때 학생들의 표성과 몸짓에서 우러나는 존경의 기색 또한 기쁨을 주었다. 연예인도 비슷한 경험을 하겠지만 우리는 격이 다르다고 생각했다. 그러나 강의가 반복되면서 흥분과 즐거움이 격감했다. 특히 현장 교육을 강조하는 의과대학의 교육 방침에 따라 강의실 강의는 줄고 병실이나 실험실에서의 실습이 늘었다. 학생들이 5-10명씩 소그룹으로 핵의학과에 실습을 나오니 2주마다 같은 강의를 해야 한다. 중요한 내용은 반드시 모든 학생에게 가르쳐야 하므로 실습강의는 반복의 연속이다. 가르치는 입장에서는 거의 외울 정도가 된다. 변화를 주고자 환자 증례를 발표시키고, 토론을 유도하고, 영어 강의까지 해보았으나 반복은 결국 권태를 불러온다. 학창 시절 괴팍하기 짝이 없던 선생님들의 심정이 이해가 되었다.

　교수 생활을 30년이나 한 요즘에야 명강의가 무엇인지 생각해 본다. 교육학에 전문지식은 없지만 그간의 경험을 바탕으로 궁리해보는 것이다. 명강의란 도대체 무엇인가? 중요한 지식을 모든 학생이 이해할 수 있도록 쉽고 명확하게 전달하는 강의다. 단순히 말로 하는 것보다 더욱 효과적으로 전달하기 위해 그림, 표, 표본 등을 동원하고, 학생들에게는 수업 전에 조사를 시키거나 관련 문헌을 미리 읽도록 하기도 한다. 아리스토텔레스나 소크라테스 같은 철학자는 대화식 토론을 선호했다. 그들을 본받아 강의 중에 학생에게 질문을 하거나, 질문을 유도하기도 한다. 누군가 이런 말을 했다. "질문이 없는 강의는 최하급, 선생이 질문하고 스스로 답하는 강의는 하급, 선생이 질문하고 학생이 답하면 중급, 학생이 질문하고 선생이 대답하면 상급이다. 그러나 학생이 질문하고 강의 내용을 이해한 다른 학생이 대답한다면 그것이야말로 최상급의 강의이다." 방대한 지식이 산재한 요즘은 무엇을 가르쳐야 하는가도 중요하다. "강사는 본인도 모르고 학생도 모르는 것을 가르치고, 조교수는 자기가 아는 모든 것을 가르치고, 부교수는 학생이 알아야 할 모든 것을 가르치며, 정교수는 학생들이 어떻게 알아야 하는지를 가르친다."는 우스갯소리가 있다. 지금같이 컴퓨터에 막대한 지식이 축적되어 피교육자가 쉽게 접근할 수 있는 세상에서는 "how 나 what보다 why를 가르쳐야 한다"는 주장도 있다.

강의를 잘하려면 물론 철저히 준비해야 한다. 학부 강의보다 대학원 강의에 더 많은 준비가 필요한 것은 당연하다. 전문 분야일수록 책에는 미처 실리지 않은 최신 연구 결과를 놓쳐서는 안 되기 때문이다. 내용도 내용이지만 부수적인 사항도 철저히 점검하고 준비해야 한다. 컴퓨터, 강의 파일, 마이크, 강단의 위치와 높이, 레이저포인터의 작동 등 세부적 상황도 확인한다. 2006년 서울에서 세계핵의학회를 개최했을 때다. 마지막 프로그램으로 하이라이트 강의를 맡은 존스 홉킨스 대학의 와그너 교수는 무려 한 시간 전에 강당에 나타났다. 기계 작동을 일일이 확인하던 그는 사소한 기계적 문제로 슬라이드가 스크린에 나타나지 않으면 전혀 강의를 준비하지 않은 것과 마찬가지라고 설명했다. 나도 강의를 준비할 때부터 수강자나 청중이 어떤 사람들인지 알아보고, 강의를 듣는 입장을 상상해본다. 아침 일찍 맑은 정신으로 강의를 듣는지, 점심 식사 후 식곤증이 생길 때쯤에 듣는지, 이미 너무 많은 정보를 들어 지쳤는지, 앞의 연자들이 비슷한 내용을 이야기했는지 등을 생각해보는 것이다. 청중의 분위기를 예상하고 상황에 맞춰 강의하면 더 효과적으로 지식을 전달할 수 있다.

초임 교수 시절 의학교육실에서 강의법을 수강했다. 다소 어눌한 강의가 가장 좋은 강의라는 말이 인상 깊었다. 강의자가 너무 자신에 차 있고 똑 부러지면 오히려 거부감이 생긴다. 학생과 같은 입장으로 천천히 하는 강의, 영어도 원어민 발음보다는 또박또박 학생과 같은 억양으로 하는 강의가 듣기에 편하고 부담감을 덜 준다. 복잡한 슬라이드, 뜻을 알기 어려운 약자의 남발, 키워드 사용의 혼란, 핵심을 찌르기보다 빙빙 돌며 변죽을 울리거나, 많은 내용을 짧은 시간에 쏟아내는 등 듣는 사람을 괴롭히는 강의는 폭력과 같다. 강의를 연기하듯 하라는 지적도 있었다. 약간의 쇼맨십이 필요하다는 것이다. 몸짓, 언어, 억양 하나하나에 연출을 가미해서 청중을 주도한다. 매스컴에 등장하는 명강사들은 이렇게 철저한 기획을 통해 쉽고, 재미있고, 유익한 3박자를 맞춘다.

그러나 가장 좋은 것은 마음에서 우러나오는 강의다. 청중들은 강사가 실속 없는 연기자인지, 실력 있는 학자인지 어렵지 않게 구별한다. 내 절친인 조광현 교수는 학생 시절 나병의 권위자인 노교수님이 강의 중 나병균 배양의 어려움을 안타깝게 말씀하시는 순간 그 진솔한 태도에 감동하여 피부과를 전공했다. 우리 과

강건욱 교수도 학생 때 양전자단층촬영술PET의 무한한 가능성에 관한 이명철 선생님의 강의를 듣고 전공을 굳혔다고 한다. 일생 동안 집중한 주제에 관해 정성을 기울여 준비한 강의는 학문의 핵심을 알려줄뿐더러 사람을 감동시킨다. 한 가지 주제를 항상 생각하고 분석하다 보면 어느새 본질을 꿰뚫는 통찰력을 갖게 되기 때문이다. 사람들은 이런 강의에 마음이 움직여 말하는 내용을 능동적으로 받아들이게 된다. 무한한 애정을 쏟는 강의가 가장 효과적인 명강이다.

마지막으로 중요한 것은 배운 것의 실천이다. 인류의 위대한 스승이신 예수님과 공자님은 모두 이렇게 말씀하셨다. "가르침의 궁극적이 목적은 깨닫게覺 하고, 깨달은 것을 바르게 행行하게 하는 데 있다."

가장 바쁜
내과 선생님

이용국 선생님은 내과 선배로 서울 변두리 시장 옆에서 개업하고 있다. 전공의를 마친 후 K대학병원에 교수로 있다가 독립하여 40년 동안 한 곳에서 환자를 보는 것이다. 보통 개업의는 공휴일과 일요일 외에는 매일 아침부터 저녁까지 진료를 하여 항상 피곤한 상태다. 병이라도 난다면 진료에 영향이 있으므로 일과 후에는 바깥 활동을 자제하고 집에서 쉬는 것이 보통이다. 그러나 선생님은 매일 한두 가지 약속이 있다. 의사협회 일부터 학회, 동문회, 친구, 친지의 경조사와 각종 모임에 반드시 참석한다. 교제 범위도 넓어 시골 초등학교, 중고등학교, 대학 동문은 물론 정치, 경제, 문화체육계에 아는 분도 많다. 땅딸막한 체구에 큰 얼굴, 넓은 이마, 두꺼운 목덜미, 두툼한 손에 굵은 목소리.... 언뜻 보기에 뛰어나지 않은 외모지만 정신과 의사 말에 의하면 사람들에게 호감을 얻어 가장 개업을 잘 하는 타입이란다.

선생님은 개업의로서 참 모범적인 분이다. 개업 후 미국에서 내과 교과서 신판이 발간되자 매일 새벽에 일어나 진료 전까지 1시간씩 공부해 6개월 만에 독파했다고 한다. 새로 개발된 의료기법이나 기기가 있으면 새벽이나 주말을 이용해 교육 받고 습득하여 항상 환자들에게 선진의술을 제공한다. 지금도 진료하다 의문이 생기면 스스럼없이 대학병원에 있는 후배들에게 전화하여 최신 지견을 배운다. 동네 의원이지만 중증 내과 환자를 입원시켜 골수검사까지 한다. 한번은 위장출혈 환자가 찾아 왔다. 빨리 손을 쓰지 않으면 위험한 상태였는데 하필 그날이 공휴일이었다. 대학병원 응급실에 가봐야 혼잡하기만 하고 어설픈 전공의가 진료하다 문제가 생길 수 있다고 생각한 선생님은 주말 내내 환자 곁을 지키다 휴일이 끝나서야 큰 병원으로 이송했다. 위급하거나 중증인 환자는 기피하는 보통 개업의와는 다른 모습이다.

당연히 찾아오는 환자도 많아 아침에 번호표를 나눠줄 정도다. 소위 성공한 개업의다. 조그만 의원이지만 검사, 영상촬영, 진찰, 행정 등을 큰 병원 못지않게 체계적으로 운영한다. 내가 젊었을 때 일이다. 일요일에 아르바이트 삼아 진료를 도와드리러 갔다가 병원 위층 선생님 댁에서 점심을 같이 하게 되었다. 광주 출신인 사모님이 댁에서 담근 막걸리가 익었다기에 한 잔만 곁들이기로 한 것이 기막힌 감칠맛에 그만 둘 다 취해버렸다. 오후 1시가 되자 병원에서 기다리던 사람들이 "왜 선생님이 안 나오시냐?"고 아우성이었다. 선생님은 자초지종을 설명하고 미안하지만 월요일에 다시 오라고 돌려보냈다. 환자와의 상호 신뢰가 대단한 것이다. 선생님에 관한 전설 같은 실화는 한두 가지가 아니다. 열린 마음으로 스케일이 큰 행동을 자주 하기 때문이다. 서울대학교가 가까이 있어 대학생을 진료하면서 도와준 미담이 적지 않고, 스님이나 신부님 등 종교인은 친분이 없어도 무료 진료를 해 오히려 그 분들이 놀란다. 한때 중고등학교 테니스협회장을 지낼 때는 경기 때문에 서울에 올라온 시골 학생들을 병원 입원실에 재우기도 했다. 각종 동문회에 적극 참여하다 보니 회장직도 많이 맡아 그야말로 물심양면으로 기여한다. 우리 동위원소실 동문회장과 내과 동문회장도 각각 10년이나 했다.

여수 출신인 선생님은 고등학교 때 서울로 유학을 왔다. 사투리를 못 고친 시골 학생은 평범한 사립고등학교를 다녔지만 공부에만 열중해 의과대학을 갔다. 다소 계산적이며 때로는 약삭빠른 서울 학생과는 다르게 무던하고 융통성 있는 성격에 항상 나보다 전체를 먼저 생각하는 그는 어느새 동료들의 리더가 되었다. 대학 졸업 후 수련 중에는 병원의 비합리적 대우에 반발한 인턴 파동을 주동하여 고생도 했다. 고창순 교수님 밑에서 박사 학위를 하면서 연구에 눈을 떴다고 한다. 학위 과제는 정했으나 동료들과 어울리느라 연구에 진전이 없었다. 답답해진 고 선생님은 생각 끝에 침구를 연구실로 가지고 오셨다. 지엄한 교수님에게 꼼짝없이 붙잡혀 밤낮으로 연구에 몰두해 일주일 만에 결과를 얻었다. 내가 내과를 전공했다가 당시 신학문이었던 핵의학으로 진로를 바꾼 데는 몇 가지 이유가 있지만 선생님 병원에서 환자를 진료했던 경험도 큰 도움이 되었다. 많은 환자를 보지만 소화불량, 감기 몸살이 대다수인 내과 개업의 생활이 게으르지만 약간 학구적인 나에게 무료할 것이란 생각이 들었던 것이다. 선생님이 개업에 성공한 것이 나로서는 내과를 떠나게 된 계기가 되었던 셈이다.

그리고 보면 개업 당시 햇병아리 내과 1년차로서 선배들과 함께 축하드리러 찾아간 이후 선생님과 나는 평생 인연을 맺어 왔다. 집이 가까운 관계로 우리 식구들, 특히 만성기관지염을 앓았던 아버지가 신세를 많이 졌다. 레지던트 때부터 군의관 시절까지는 일요일이면 선생님 병원에서 아르바이트를 했다. 지금도 우리는 대학에 몸담고 있는 후배와 개업가의 선배로 서로 돕고 아끼는 사이다.

가족끼리도 가까운 친척처럼 지내니 내가 인복은 많은 편이다.

인왕산의 큰 바위같이 항상 침착하고 믿음직하게 환자를 진료하는 선생님에게 비결을 물어보았다. "환자 상태가 나빠지면 나도 두려워. 좋은 일을 하는데 도와달라고 하느님에게 속으로 기도하면서 진료하지. 그래도 두려우면 이번에는 부처님한테 기도한다네." 그때 나는 깨달았다. 선생님은 병원 일이든 다른 일이든 기도하는 마음으로 정성을 다한다는 것을. 모든 일에는 지름길이 따로 없다는 것을.

훌륭한 연구자의
조건

2008년 노벨 화학상은 미국 매사추세츠 해양생물학 연구소의 시
모부라 오사부 박사(80세), 뉴욕 콜롬비아 대학의 말틴 챌피 교수
(61세)와 UC 샌디에이고 대학의 로저 치엔 교수(56세)가 공동 수상
했다. 녹색형광단백질green fluorescent protein, GFP을 발견하여 체내 생명
현상을 영상으로 보여준 학자들이다. 이 단백질로부터 다양한 광
학, 핵의학, 영상의학 기법이 개발되어 분자, 유전자 수준의 생체
변화를 실시간 영상화했으며 머지 않은 장래에 환자 진료에 유용
하게 쓰일 전망이다. 이를 분자영상법이라 하여 우리도 연구하고
있다. 암을 비롯한 대부분의 질병에서는 유전자 이상이 먼저 생기
고 진행하면서 세포와 장기에 대사와 기능 변화가 뒤따른다. 나중
에는 눈으로도 보이는 병소가 나타난다. 지금까지는 병소의 형태

를 CT, 초음파와 MRI로, 기능과 대사를 SPECT나 PET로 촬영하여 찾아낸다. 그러나 가장 먼저 생기는 분자, 유전자 수준의 이상을 영상화할 수 있다면 근본적인 진단과 치료가 가능하다. 이 분자유전자영상 개발에 GFP가 유용한 것이다.

오사무 박사는 1945년 8월 나가사키 시 중심부에 원자폭탄이 투하됐을 때 고등학생이었다. 근교에 살던 그는 직접 부상을 당하지는 않았으나 방사능 낙진에 오염된 비에 젖어 피폭되고 말았다. 암울한 상황에서 지내던 어느 날 우연히 해파리가 아름다운 초록빛을 내뿜는 모습을 보게 되었다. 그 아름다운 광경을 잊지 못하여 발광 기전을 꾸준히 연구한 끝에 1962년 녹색형광단백질을 찾아냈다. 1995년에는 챌피 교수가 GFP 유전자를 대장균에서 발현시켜 각종 분자 현상을 영상으로 측정하는 길을 열었다. 치엔 교수는 GFP의 핵심 아미노산을 바꾸어 200여종의 새로운 형광단백을 만들었다. 초록색 외에도 빨강, 노랑색 등을 방출하는 다양한 변이종을 만들어 연구에 활용한다. 수상자들은 모두 내 전공과 관계가 있고 동갑인 치엔 교수와는 여러 번 학술대회에서 만나기도 했다. 평범한 연구자인 나는 이들의 어떤 능력이 찬란한 연구 업적을 만들었는지 무척 궁금했다. 탁월한 지적 능력 때문일까, 좋은 연구 환경 때문일까?

세 분은 모두 우연한 기회에 획기적인 연구에 관여하게 되었다. 당시로서는 그 가치를 예측하기 어려웠으니 행운을 잡은 것처럼 보인다. 그러나 다르게 보면 이미 준비가 되어 있었다. 요행의 씨앗이 바람에 실려 날아왔을 때 꽃이 피고 결실을 맺을 여건이 마련되어 있었다는 뜻이다. 치엔과 챌피는 각각 초등학교와 고등학교 때 이미 화학실험 기구를 집안에 설치해 사용했다. 오사무 박사는 전후 극심한 물자부족 와중에도 대학원생이 되었을 때 지도교수의 도움으로 집에 작은 실험실을 갖추었다. 과학에 대한 타고난 관심과 소질이 후천적으로 길러질 환경이 조성된 셈이다. 특히 이들은 신기한 금속의 발색 반응에 매료되어 다양한 빛을 내는 형광물질의 개발과 이용에 남다른 집착을 보였다.

모든 분야에서 성공한 사람은 자신감과 자긍심을 가지고 있다. 다양한 경험을 통해 자기 능력에 대한 믿음을 얻게 된다. 치엔은 청소년 과학경진대회에서 우승하여 대통령상을 받으면서 자신감을 갖게 되었고 챌피는 고등학교 과학위원회에서 맹활약한다. 패전 후 일본이라는 절박한 환경에서 오사무는 과학실험을 통해 존재의 가치를 찾았다. 자긍심의 밑바탕에는 공통적으로 가족의 무한한 사랑이 있었다. 오사무는 어릴 때부터 만주에 있는 부모와 떨어져 할머니와 함께 살았다. 할머니는 정성을 다해 아이를 돌보았다. 원자폭탄 투여 후 며칠 동안 검은 비가 내렸다. 방사능 낙진이 섞인 비에 흠뻑 젖은 오사무를 할머니는 바로 목욕시키고 깨끗한 옷으로 갈아 입혔다. 결국 방사능 오염을 철저하게 제거하여 살아난 것이다. 대학교 입학식 때 궁핍했던 할머니는 누에를 기르고 길쌈을 매어 직접 비단옷을 만들어 입혔다고 한다. 엑손석유회사에 다니던 치엔의 아버지는 초등학생 아들을 위해 지하실에 화학 실험실을 만들어주었다. 챌피는 어려서 아버지에게 클래식 기타를 배우고 평생 같이 연주하며 따뜻한 부자의 정을 나누었다. 우리는 가족의 관심과 사랑을 통하여 정체성과 존재의 소중함을 느끼게 된다. 그 후 조금씩 자기가 이룩한 성과로 능력에 대한 자신감이 생기고, 다른 사람의 인정을 받으면서 자긍심도 생긴다. 이런 일이 반복되면 양성 피드백으로 능력과 자기 확신이 증폭되어 마침내 어렵고 가치 있는 큰 업적을 이루게 된다. 어떤 사람의 가치는 타고나는 게 아니라 만들어지는 것이다. 귀중한 사람이 따로 있는 것이 아니라 자기가 믿고 다른 사람이 존중해 주면 귀중한 사람이 되는 것이다. 그 출발점이 바로 가족의 무조건적인 사랑이다.

이들은 사실상 거의 모든 시간을 연구에 바쳤다. 어린 시절 지하실에 실험실을 차린 챌피와 치엔은 청소년기를 화학 실험과 함께 보냈다. 오사무의 경우 1961년부터 1988년까지 부인과 아들까지 온 가족이 해파리를 모으는 일에 뛰어들었다. 미국 동부의 매사추세츠에서 형광 해파리가 많이 모여 드는 서부 끝 워싱턴 주 블루하버까지 19번을 왕복했는데 그 중 13번은 자동차로 미 대륙을 횡단했다. 엄청난 가족의 희생과 협조로 그는 85만 마리의 해파리를 모아 마침내 GFP를 추출해냈다. 기회와 행운은 우연을 가장하여 다가온다. 오사무는 대학원 시절 지도교수의 권유로 형광단백질을 접하게 되었다. 그는 처음에 박사 학위를 받을 계획이 없었기에 논문이 될 것 같지 않은 과제를 배정받은 것이었다. 나중에 해파리에서 형광물질을 추출한 다음 해인 1990년부터는 마치 기다렸던 것처럼 블루하버에 더 이상 해파리 군집이 모여들지 않았다. 유조선이 좌초되어 유출된 기름으로 바다가 오염되었기 때문이다.

치엔은 근육세포 내의 칼슘 영상을 얻기 위해 이 물질을 다루다 핵심을 찌르는 아이디어로 새로운 형광 물질을 얻었다. 실험 중 초록색 형광 외에 한 가지 색이 더 필요했다. 어느 날 구조상 중요한 아미노산을 바꿔보면 어떨까 하는 직관적 생각이 떠올랐고, 그 결과 200여개의 새로운 형광단백질을 얻었다. 색상에 대한 타고난 미술적 소양도 한몫 했다고 한다.

챌피의 경우 연구실 동료들과 어울리고 즐기면서 소통하는 타입이었다. 그는 대학원 시절부터 실험실은 천국이라고 항상 즐거워했다. 교수와 동료뿐 아니라 연구원, 보조원, 청소원 등 모든 사람과 친분이 두터웠다. 다른 사람들도 유머가 넘치는 그를 진심으로 좋아했고, 음악, 수영을 함께 즐기면서 진정한 우정을 나누었다. 이런 성격과 태도에서 넓은 식견과 진정한 리더십이 싹터 자연스럽게 형광 단백질의 응용 분야를 개척하는 협동연구가 진행되었다.

모든 일에는 체력과 건강이 뒷받침되어야 한다. 연구자도 예외가 아니다. 오사무는 전쟁 후 궁핍한 환경에서도 농지가 있어 예외적으로 영양실조를 겪지 않고 건강을 유지했다. 챌피는 평생 수영으로 건강을 유지했다. 치엔만은 운동에 취미가 없어 체육 시간에 다른 공부를 했다고 한다. 10년 전에 미국 분자영상학회에서 칼슘 영상에 관한 치엔 교수의 강의를 들으며 감탄했던 기억이 있다. 얼마 뒤 그는 노벨화학상을 받았고 의생명학 분야의 슈퍼스타가 되었다. 세계 각국에서 공식적인 학술상만 50여개를 받고 거액의 연구비도 집중되어 실험실이 급격하게 커졌다. 학회에서도 기조 강연자로 초청되어 거의 모든 암을 정복할 것 같은 기세였다. 올해 2월 샌디에이고에서 열린 미국 암연구학회에서 만나보니 일년 전에 뇌졸중에 걸렸다고 한다! 많이 호전되었으나 아직도 오른쪽 팔, 다리가 불편한 상태였다. 스트레스와 과로로 병이 생겼으나 학문에 대한 의욕은 여전하여 그 와중에도 강의를 했다. 새옹지마塞翁之馬란 이런 때 쓰는 말이다. 노벨상에 이어 따라온 병마를 딛고 다시 좋은 일이 생기기를 기원한다.

결국 지적 능력뿐 아니라 어떤 소질, 능력, 통찰력, 노력, 끈기, 의지 등 모든 자질이 성공적인 연구의 바탕이 된다. 체력은 물론이고 미술, 음악, 문학 같은 예술적 소양도 도움이 된다. 여기에 우연 또는 필연적으로 기회가 찾아왔을 때 행운을 놓치지 않고 전력을 다해 결실을 맺었다. 한편으로는 원만한 인성을 바탕으로 연구를 수행하고 다른 과학자와 밀접한 교류가 있었다. 결론적으로 모든 인간적인 자질과 능력이 성공적인 연구의 바탕이 되는 셈이다. 뛰어난 연구자는 다양한 자질과 조건을 갖추고 이들이 서로 상승적으로 작용하도록 집중하는 사람이다. 진인사대천명盡人事待天命이란 말이 있다. "인간으로서 해야 할 일을 다 하고 나서 하늘의 결정을 기다린다"고 풀지만 실상은 하늘이 받아준다는 뜻이다. 모든 능력을 바쳐 몰두하면 운명과 하늘이 도와준다는 의미이리라.

내가 꿈꾸는
선임 교수

올해로 62세가 되었다. 3년 후면 정년 퇴직이다. 아직도 현직에 계신 박용휘 선생님은 어느 날 깨어나니 벌써 80세가 되었다고 하셨는데 나 역시 어느새 이 나이가 되었다. 이제 우리 또래는 대학과 병원에서 원로 대접을 받는다. 각 과에서 가장 나이가 많고 병원장이 동기 동창이니 직원 대부분이 손아래다. 대학에서는 선임 교수라고 하지만 행사 때 주로 건배를 의뢰받는다고 일명 건배 교수라고도 한다. 학회에 가도 발표자나 강사 모두 아득한 후배들이다. 좌장을 맡아 한두 마디 하면 다행이지만 앞자리에 앉아만 있는 경우가 대부분이다. 출퇴근 때 지하철을 타면 나보다 나이가 많은 분은 없다. 거의 모두 회사에서 퇴직했고 남은 사람은 CEO가 되어 회사 차로 모시고 다니기 때문이다. 동년배 교수들끼리는 농담 삼아 "우리도 기사가 모는 BMW를 타고 다닌다"고 한다. 여기서 BMW는 독일제 고급 승용차가 아닌 Bus, Metro, Walking의 약자다. 아들이 내게 "한국 남자에게 가장 편한 직업이 뭘까요?"라는 문제를 냈다. 정답은 군대의 병장이란다. 제대를 앞둔 말년이라 상관도 간섭하지 않고 아래 장병에게 지시만 내리면 되는 편한 직업이란다. 병장과 비슷하다면 선임교수가 어떤 직책인지 몰라서 하는 소리다.

60대에 들어서면 몸과 마음이 확실히 전과 다르다. 신체 기능과 체력이 떨어지면서 크고 작은 병이 생긴다. 조직이나 사회를 움직이는 자리에서 한발 뒤로 물러나면 허탈감과 우울증도 생긴다. 새로운 지식이나 기술을 습득하는 속도도 많이 떨어진다. 타인과 의사소통에 문제가 생기기도 한다. 이야기할 때 자기 중심으로 생각하고 상대편의 말을 주의 깊게 듣지 않기 때문이다. 중년이 넘으면 임상 증상이 없는 가벼운 갑상선기능저하증이 드물지 않게 생긴다. 노화에 따른 일종의 적응 현상이다. 노쇠해진 심신을 덜 사용하도록 갑상선이 호르몬을 적게 만들어 신진대사를 떨어뜨리는 것이다. 차로 따지자면 연식이 오래되었으니 천천히 몰고 다니란 소리다. 따라서 심하지만 않으면 치료하지 않고 경과만 관찰한다. 의학의 발달과 생활 여건의 향상으로 한국인 평균 수명이 80세를 넘어 빠른 속도로 늘고 있다. 건강수명도 71세나 된다. 71세까지는 체력과 건강이 유지된다는 뜻이다. 따라서 기존에 60세나 65세 이상이었던 '노인'의 정의를 변경하자는 의견이 많다. 이미 미국에서는 60대를 old people이라고 하지 않고 senior citizen이라고 바꿔 부른다. 일본에서는 열매가 익어간다는 뜻으로 실년實年, 중국에서는 숙년熟年이라고 한다. 우리는 '원숙기圓熟期'라고 하면 어떨까?

사람이 나이 드는 것과 성숙해진다는 것은 완전히 다른 개념이다. 성숙해진다는 것은 그냥 늙는 것이 아니라 살아온 세월에 걸맞게 인격이 원만하고 훌륭하게 무르익는 것이다. 지금까지 쌓아온 경험과 성찰 속에서 삶에 대한 철학과 역사의식을 갖추어야 한다. 또한 삶의 궤적이 젊은이에게 도움이 되어야 한다. 나는 문제에 부딪히면 우선 나의 선생님이라면 어떻게 하셨을지 생각해 본다. 정답을 제시하지 못하더라도 성실하게 노력하는 자세는 좋은 본보기가 될 것이다. 최신 지식과 실력을 겸비하면 금상첨화다. 특히 의료인은 평생 환자를 보면서 얻은 노하우를 후배 의사들에게 알려주어야 한다. 모든 환자는 각기 다른 환경에서 살고, 질병이 몸 안에서 일으키는 반응과 효과도 사람마다 다르다. 이런 개별적 특이성에 따른 맞춤 진료야말로 과학science을 뛰어넘는 의술art이다. 어찌 진료뿐이랴. 연구와 교육도 마찬가지다. 특히 교육은 선임 교수가 집중해야 할 의무다. 부모가 유전자를 통해 생물학적 정보를 자손에게 전달하듯이, 교수도 학문적인 유전자를 후배와 제자들에게 넘겨주어야 한다. 연구 분야에서 리더십을 키워주고 의학의 발전상을 예측하여 방향을 제시하는 것도 필수적이다.

생각해 보니 원로 교수가 해야 할 일이 결코 적지 않다. 그간의 경험에서 얻은 노하우를 물려주고 미래의 방향을 제시하려면 말년 병장처럼 편해서는 안 될 일이다. 60대는 기능이 저하되어 쉬엄쉬엄 가야 하는 세월이 아니라 일생의 결실을 얻어 자기실현을 만끽하는 시기다. 자기실현에서 싹트는 성취감은 행복하고 성숙한 삶의 바탕이 될 뿐 아니라 자아의 확장으로 이어져 타인과 우호적 관계를 맺는 기반이 되기도 한다. 결실이 새로운 씨앗으로 후학에게 전해지는 실마리가 되는 셈이다. 아들의 말이 옳다. 한국 남자에게 가장 편한 직업은 군대의 병장이다. 바람직한 선임 교수는 아무도 간섭하지 않아 소외된 병장 같은 존재가 아니라 일생을 꾸려온 삶이 후학의 본보기가 되는 원숙기의 교수다. 건배를 외치는 순간에만 존재감을 확인하는 것이 아니라 일생을 통해 얻은 의술, 의학의 핵심과 삶의 지혜를 평소에도 아낌없이 나누어준다면 후배와 후학은 진심으로 따를 것이다.

교수식당의
빈 자리

1985년 11월 초 서울대학교 의과대학에 전임강사로 발령받았다. 지금과 달리 처음부터 교육부 소속 공무원, 즉 정규직이었다. 그 해에는 20여명의 교수들이 함께 임용되었다. 어린이 병원이 개원하여 예년보다 정원이 늘었던 것이다. 당시 신임 교수는 선배 교수들을 일일이 찾아 뵙고 인사를 드리는 것이 관례였다. 20명이 무리를 지어 병원을 누비며 인사를 다녔다. 스승님들은 이제 서로 동료가 되었다고 농담을 하시며 축하와 함께 여러 가지 조언을 해주셨다. 몇 번을 찾아가도 만나기 어려운 분들도 있었다. 특히 외과 교수님들은 바쁜 수술 일정 때문에 수술장에서 살다시피 하는지라 두세 번 허탕을 치고 메모만 남기는 일이 많았다.

서울대학병원 본관 맨 위층에는 교수식당이 있다. 바쁜 병원 생활 중에 유일하게 다른 과 교수를 만날 기회라 점심 때 많이들 이용한다. 한 병원에 근무해도 일하는 건물이나 층수가 다르면 수개월 동안 서로 얼굴도 못 보기 일쑤다. 물론 교수식당에서도 자연히 비슷한 또래끼리 모여 앉아 밥을 먹는다. 처음에는 배식대 옆에 주니어 교수들이 앉고 아늑한 안쪽은 시니어 교수들 차지였다. 세월이 지나 우리가 시니어가 되었지만 무의식 중에 움직이기 싫었던지 지금도 배식대 옆에 앉는다. 이제는 식당 안쪽이 주니어 자리다. 30여년을 한 자리에서 계속 점심을 먹는 것이다! 그토록 긴 시간을 한 자리에서 밥을 먹는 사람들의 성격은 어떨까? 옛 것을 고집하며 변화를 싫어하고 위아래 서열을 강조하는 고지식한 기성세대가 되기 십상일 것이다. 몇 번을 찾아가도 뵙지 못하고 신임 인사 메모를 남겼던 선생님에게 성의가 없다고 야단을 맞은 것도 바로 그 자리였다. 우리가 이해관계로만 움직이는 세태를 탓하며 이제 아름다운 전통이 없어졌다고 한탄한 것도 바로 그 자리였다.

젊었을 적에는 어려운 스승님과 마주 앉아 식사하는 경우도 많았다. 학문적으로 뛰어나신 분, 명의로 유명한 분, 학회를 주도하는 분, 인격이 훌륭하신 분들과 함께 점심을 하며 차츰 가까워지기도 했다. 평범한 자신을 돌아보며 "똑같은 음식을 먹는데 활동과 업적이 이렇게 다를까?"하고 반성도 했다. 식후에 조금 여유가 있으면 담소를 나누었다. 환자를 상의하고, 대학과 병원의 새로운 소식이나 최신 의학 지견을 들었다. 시국 이야기, 경제 이슈, 스포츠 등 일상적인 대화도 나누었다. 사람이 함께 밥을 먹고 의견을 나누다 보면 문자 그대로 식구食口가 된다. 강한 유대감이 생기고 저절로 비슷한 생각을 하게 되는 것이다. 30년을 같은 음식을 먹고 같은 화제로 웃고 울었으니, 얼굴 근육의 발달과 긴장도가 비슷해져 표정까지 서로 닮아간다.

자연스럽게 대화를 주도하는 분들이 나타났다. 가까운 세대로는 갑상선을 전공하는 조보연 교수님이 떠오른다. 독실한 불교신자로 불경의 내용으로부터 사찰의 건축양식에 이르기까지 두루 깊은 지식을 갖추어 '도사道士'라는 별명을 얻었다. 소아정신과 조수철 교수님은 고전음악에 대해 전문가 못지 않은 식견이 있었다. 소화기내과 이효석 선생님은 다방면의 해박한 상식과 재치로 좌중을 압도했으며, 정신과 조맹제 교수님은 넓은 안목으로 정치나 사회의 갖가지 현상을 분석해주곤 했다. 모두 학교를 떠나 이제 시니어 석은 우리가 독차지한다. 아무도 기억하지 않지만, 나는 가끔 이 자리에서 옛 선생님과 함께 담소를 나누던 장면을 회상하곤 한다.

대학에서는 2월과 8월 말에 65세 정년이 된 교수들이 퇴임식을 갖는다. 한때는 나와 무관한 행사로 여겼으나 1985년에 같이 발령받은 동료 교수 몇 분이 이번 8월 말에 떠나게 되어 마음이 스산하다. 요즘은 식당에서도 판도 변화가 느껴진다. 물러가는 교수들이 식당에 잘 안 나오니 시니어 자리가 비면서 다른 젊은(?) 선생님들이 우리 자리에 앉는 것이 아닌가? 일순 당황했다가 생각을 가다듬어 보니 그들도 이미 과장을 끝내고 선임 교수가 되었다. 이제 내가 나갈 차례였다. 30여 년이 한 순간에 지나간 것이다! 마침 병원 영안실에는 삼성그룹의 장자였던 이맹희 씨 빈소가 차려졌고, 형 대신 전권을 가졌던 이건희 회장은 중병으로 쓰러졌다. 우리나라를 넘어 세계 경제를 좌우했던 삼성의 형제들도 빈 손으로 떠나가는 참이다.

사회를 리드하는
의사가 되자

최근 강남 모 성형외과 수술장에서 생일파티를 연 사건이 비난의
초점이 되었다. 간호조무사가 아무 생각 없이 찍은 사진을 SNS에
올려 문제가 된 것이다. 사진에는 수술실 안에 환자가 누워있는
데도 서로 장난을 치는 모습이 담겨 있었다. 빈 수술대에 간식거
리를 펼쳐 놓고, 수술복을 입은 채 재미 삼아 유방 확대술용 보형
물을 자기 가슴에 갖다 대는 어처구니없는 광경도 있다. 집도의
와 간호사가 소독모자도 안 쓰고 수술하는 와중에 케이크를 들고
수술장을 휘젓고 다니는 사진을 보면 감염 예방 개념이 있는지조
차 의심스럽다. 이 사건의 모든 책임은 당연히 의사가 져야 한다.
의사의 권위를 실추시키는 사건은 하루가 멀다 하고 일어난다.
환자와 부적절한 관계를 갖고, 심지어 환자를 살해한 경우도 있

다. 물론 의료인도 인간이고 다른 직업인과 마찬가지로 죄를 지을 수 있다. 그러나 사회에서 의료인에게 요구하는 기준은 이와 크게 다르다.

그런데 가끔 이런 생각도 든다. 의사는 높은 기대만큼 인정과 존경을 받는가? 인정과 존경은 간 데 없고 책임과 의무만 강요당하는 것은 아닐까? 대부분의 의사들은 양심적이며 건전한 상식을 갖고 직업에 충실한 사람들이다. 이런 의사들에게 사회의 이중 잣대는 매우 불쾌하다. 매스컴을 보라. 뉴스에서는 의사의 권위를 지키라고 질책하면서 이어지는 드라마에서는 환자나 보호자가 의사의 멱살을 잡는 장면을 연출한다. 의료인의 전문성 운운하지만 현실에서는 비전문가 집단인 익료보험공단에서 시시콜콜 진료 내용을 간섭하고 과학이 아닌 사이비 의료를 의료와 같은 수준에 두고 논의한다. 의사를 바라보는 일반인의 시각 또한 악화일로를 걷고 있다. 결정적인 계기는 정부의 무리한 의약분업 강행과 이에 맞선 의사 파업 사태였다. 정부 측은 약의 남용을 줄이겠다는 논리였고 의사 측은 전문성이 침해된다는 논리였으나, 일반인들은 의약분업이 일상 생활에 어떠한 영향을 미치는지 따져보지도 않고 언론에서 부추기는 대로 밥그릇 싸움이라는 식으로 성토만 했을 뿐이었다.

요즘 의과대학에 들어오는 학생들의 지적 수준은 가히 수재급이다. 전교 석차와 수능 시험 점수가 최정상인 학생만 의대에 입학한다. 그런데 이들이 의과대학을 졸업하여 사회에 나가면 왜 존경이 아닌 지탄의 대상이 되는가? 결론부터 말하면 의학교육의 문제다. 전문적 지식만 강조할 뿐 의업에 대한 인식과 정신 교육이 부족해 생긴 현상이다. 물론 긍정적인 자료도 있다. 우리나라의 의료수준은 매우 높아 평균수명이 80세를 넘겼으며 계속 늘고 있다. 해외에서도 인정받아 중국, 일본, 중동에서 많은 환자들이 진료차 방한하여 부수적 경제효과도 만만치 않다. 세계 오지에서 봉사하는 의료인 수도 한국이 으뜸이며 정년퇴직 후 의료봉사로 제2의 삶을 사는 사람도 적지 않다. 서울대학교 병원은 아랍 에미리트의 요청으로 현지에서 종합병원을 위탁 운영하며 의료 특허를 수출하기도 했다. 의료 재료와 기기도 점차 국산화되고 있다. 올해는 삼성전자가 한국형 CT를 개발 판매할 계획이어서 또 다른 도약이 기대된다.

의사 권위는 반드시 인정받아야 한다. 의사가 특별해서가 아니라 환자의 건강과 생명을 일차적으로 책임지고 전문성이 가장 높은 의사가 진료의 주축이기 때문이다. 따라서 의사라면 의료팀을 이끌어갈 리더십이 필요하다. 간호사와 의료기사들에게 물어보면 의사의 지적 수준과 진료 노하우에서 권위를 느끼지만 의사가 자신들을 동료로 인정하기를 바란다. 의사가 인간성과 실력을 바탕으로 동료 의료인의 화합을 이루어야 하는 것이다. 일상 생활에서도 리더 역할을 해야 한다. 모든 사람이 건강에 관심을 갖게 되면서 국가 차원의 보건 체계도 점점 중요해진다. 의학이 사회 현상을 분석하는 인문학의 한 분과로 자리잡은 것이다. 의료인은 인간의 정상적인 상태와 병적 과정을 잘 알기에 적당한 교육과 훈련을 거치면 의료계 밖에서도 좋은 지도자가 될 수 있다. 지적으로 우수한 인재의 활용이라는 면에서도 권장할 일이다.

역사적으로도 의료인은 근대화 과정에서 중요한 리더 역할을 했다. 서재필 선생은 최초의 서양의사였고 중국의 손문을 비롯한 후발국의 국부들이 대부분 의사였다. 근대화의 공간에서 서양 의술이 맨 먼저 소개되었고 의대 출신들은 자연히 사회의 선구자, 지도자가 되었기 때문이다. 1899년 지석영 선생이 세운 관립의학교의 초기 졸업생 중 많은 분들이 독립운동가, 사회계몽가, 종교인 등 다양한 역할로 근대화에 기여했다. 일제 시절 문인이자 사상가로 명성이 높던 벽초 홍명희 선생은 1930년 경성의학전문학교 졸업 사진첩에 쓴 서문에서 의료인은 신체의 병만 아니라 사회의 질병도 해결하라고 권고했다. 이렇게 본다면 오히려 현대에 와서 의사의 사회활동이 상대적으로 감소한 셈이다.

그러면 어떻게 권위를 찾을 것인가? 의사의 권위가 필요한 이유를 모든 사람이 공감해야 한다. 우리 생명이 세상 무엇보다도 귀하다는 인식이 바로 그것이다. 지고한 인명을 존중한다는 사회적 합의로부터 이를 담당하는 의료진의 가치와 권위가 나온다. 중요한 것은 의사 스스로 생명의 가치를 마음 깊이 느끼고 최선을 다해 행동으로 보여 주어야 한다는 점이다. 자연히 환자와 보호자를 대하는 자세가 달라져 궁극에는 인정과 존경을 받게 될 것이다. 또한 의학이라는 전문적 지식에 인문학적 보편성을 겸비해야 한다. 벽초 선생이 지적한 거시적인 안목을 지니고 하늘이 내려준 지적, 감성적 능력을 배가시켜 사회에 공헌하는 삶을 지향해야 한다. 의과대학 교육을 이러한 방향으로 바꿔 나간다면 자연히 의사가 되는 사람들 사이에 배금주의가 줄어들고 노블리스 오블리주가 생길 것이다. 지나치게 이상적인 이야기로 들릴지 모르지만 이것만이 유일하고 근본적인 해결책이다. 의료의 전문적인 특성 때문에 기존 윤리학자나 인문학자만으로 의학 연구와 교육을 맡기가 어렵다. 의사 자신이 자성하고 연구하고 의견을 나누면서 지혜를 체계화해야 한다. 이 근본적인 일에는 개업의, 봉직의, 대학교수 모두 관심을 가지고 동참해야 한다. 더 늦기 전에 의사 스스로 '자신의 이익만 챙기는 집단'이 아닌 '선진 보건 사회의 새로운 리더'로 탈바꿈해야 한다.

대학병원 교수를
위한 변명

의대 교수는 좀처럼 만나기 어렵다. 교수실에 가면 외래 진료나 회진, 또는 수술 때문에 으레 빈 방이고, 외래 진료실을 찾아가면 많은 환자가 대기 중이거나 진료를 끝내고 어디론가 홀연히 사라진 후다. 요행히 만난다고 해도 다른 일을 하는 중이거나 여러 사람이 기다리고 있어 오랫동안 머물기가 거북한 상황이다. 그들은 왜 항상 바쁜가? 사정은 이렇다.

　대학병원은 교육, 연구, 진료 등 세 가지 업무를 수행한다. 대학에 속한 병원이므로 당연히 교육이 가장 중요하다. 사실은 환자 진료도 교육의 방편이다. 이것이 일반 병원과 가장 큰 차이다. 대학생 교육만 하는 게 아니다. 배우고 익혀야 하는 내용이 방대하므로 의대를 나왔다고 바로 환자를 적절하게 진료하기는 어렵다.

따라서 인턴, 레지던트 교육이 더 중요하다. 전문의 취득 후 세부 전공 분야를 택해 한층 심화된 지식을 공부하는 펠로우 과정도 있다. 의과대학 입학 후 이 과정을 모두 끝내는 데는 13–15년이 걸린다. 물론 인적 피라미드가 있어 자체적으로도 일부 이루어지지만 이들 교육은 기본적으로 모두 교수의 몫이다.

의학 분야는 아주 빠르게 발전한다. 사람의 생명과 건강보다 중요한 것이 없기에 전 세계적으로 새로운 의학 지식을 탐구하고 진단 및 치료법을 개발하는 데 앞다투어 인적, 물적 자원을 투입하기 때문이다. 시장경제라는 측면에서 보아도 부가가치가 커서 다국적 거대 기업들이 각축을 벌인다. 의학 연구는 아무래도 환자를 보는 것보다 깊은 내용을 다루므로 흔히 펠로우 과정에서 수행한다. 펠로우 시기에는 박사 과정을 병행하기도 한다. 자연과학 분야와 융합 연구도 활발해져 약학, 화학, 생물학, 분자생물학, 수의학, 공학, 물리학 분야의 학자들과 협조해 기초의학과 임상의학을 발전시키고 있다. 우리나라 의학은 세계 수준급이다. 정부 주도로 의학 연구를 활성화시킨 효과가 나타난 것이다. 최근에는 분자생물학 분야를 중심으로 많은 의생명 기업이 생기고, 삼성이 의료기기와 제약 분야에 뛰어들었다. 대학에서 생산하는 의학논문의 양과 질도 계속 좋아진다. 교수의 채용과 진급에 국제학술지 수록 논문을 상당량 요구하기 때문이다. 그러니 의대 교수, 특히 젊은 교수들은 연구에 적지 않은 시간을 투자해야 한다.

　대학병원의 3대 목표 중 진료는 마지막 순서지만 실제로 교수들은 여기에 가장 많은 시간과 노력을 집중한다. 대부분의 시간을 외래 진료와 병실 회진에 보내고 외과 계열은 계속 수술을 하느라 아예 점심, 저녁식사를 모두 수술장에서 하는 일도 많다. 외래에서는 반나절에 평균 50여명의 환자를 본다. 한 명당 진료 시간이 5분도 안 된다. 환자들이 대학병원으로 몰리는 데다 의료보험 수가가 너무 낮아 환자를 많이 진료해야 병원이 운영되기 때문이다.

　대학병원 교수가 되려면 학생 때부터 수많은 경쟁에서 살아남아야 한다. 레지던트와 전임의(펠로우)로 근무하는 동안 선배 교수들에게 개인의 인성, 의학적 지식, 지적 능력, 성실성 등 여러 능력을 종합 평가받은 끝에 대학병원에 남는다. 수많은 경쟁자를 물리치고 교수가 될 정도이니 능력은 탁월하나 경쟁적이다. 꼼꼼하고 부지런하나 마음에 여유가 없다. 하루 일과를 정할 때도 교육, 연구, 진료에 빡빡하게 시간을 배정한다. 쉬는 시간이 있으면 스스로 불안해할 정도다. 아랫사람에게도 같은 식으로 행동할 것을 강요한다. 모든 과의 수련 과정은 지나칠 정도로 쉴 틈 없이 짜여 있다. 실제 교육 효과는 미지수다. 수련의들은 당직, 근무, 연구 등에 지쳐 아까운 교육 시간을 졸면서 때우기 일쑤다.

　매년 1월 2일 아침에는 서울의대 시무식이 거행된다. 200-300명의 교수들이 도착한 순서대로 줄을 선 후, 서로 악수하며 새해인사를 나누고 학장의 신년사를 듣는다. 여기서도 의대 교수들의 특성이 그대로 드러난다. 시무식은 아침 8시에 시작되지만 다른 교수보다 늦는 것을 참지 못하여 새벽부터 나타나기 시작한다. 결국 시무식은 예정보다 이른 8시 15분 전에 시작되어 정각 8시에 끝나고 교수들은 외래와 수술장으로 총총히 흩어진다. 새해 벽두부터 일찍 출근하는 것이 귀찮아 시무식이 원활하게 진행되지 않는 다른 대학과 크게 다른 풍경이다.

2

의학과 예술, 그리고 인문학

성공에
이르는 길

2011년에 출간된 졸저 〈젊은 히포크라테스를 위하여〉에 성공에 대한 글을 썼다. 그 때 나는 성공하려는 의지가 가장 중요하다고 했다. 성공하려는 사람은 구체적인 목표를 세운 후 적절한 방법을 강구하고, 신념을 갖고 최선을 다해야 한다. 성공을 향한 갈망은 의지력의 강약으로 나타나므로 결국 의지가 목표 달성 여부를 결정한다고 했던 것이다.

그러나 그 뒤로 이것이 전부는 아니라는 생각이 들었다. 어떤 일에 대가가 된 사람들은 그 일을 힘들어 하지 않고 진심으로 즐긴다는 사실을 깨닫게 된 것이다. 논어에 이르기를 "학문을 알기만 하는 사람은 좋아하는 사람만 못하고, 좋아하는 사람은 즐기는 사람보다 못하다."고 했다. 일에 성과가 생기면 신이 나서 더욱 열심히 하게 되는 양성 피드백positive feedback이 작동한 결과다. 양성 피드백이란 어떤 일의 결과가 다시 그 일을 더 많이 하도록 자극하는 현상이다. 어느 한 가지에 심취하여 몰두하게 되면 다른 사람보다 더 잘하게 된다. 이 단계에 이르면 뭔가 보상이 있게 마련이다. 여기에 다시 재미가 붙어 더욱 전념하게 된다. 성공한 사람에게 흔히 나타나는 패턴이다.

그러면 왜 모든 사람에게 양성 피드백이 나타나지 않는가? 보상이 만족스럽지 않은 수도 있지만 대부분 이러한 경지에 도달하기 전에 힘들어 중단하기 때문이다. 모든 가치 있는 일에는 난관이 있다. 난관을 돌파하려면 노력이 필요하다. 세상사에 공짜는 없고 원인과 결과로 연결된 인연이 여기저기 걸려 있기 때문이다. 어려움은 일의 보상보다 먼저 찾아온다. 어렵지 않았다면 이미 남이 먼저 이루었을 것이다. 힘이 들수록 이루기 어려우니 더 가치도 있을 것이다. 난관이 정점에 도달할 때쯤에는 일의 본질도 깨닫고 성과에 칭찬과 보상이 따르기 시작한다. 이때가 되어야 비로소 재미가 느껴지고 양성 피드백이 작동하는 것이다. 문제는 어떻게 이때까지 참느냐다.

가장 흔한 전략은 절박감을 이용하는 것이다. 소위 '헝그리 정신'이라 하여 물러서면 망하는 상황이다. 배수진을 친 상태로 살기 위해 더욱 집중하고 초인적인 힘을 발휘해 어려움을 이겨낸다. 경제적으로 어렵게 자란 학생이나 운동선수가 깜짝 놀랄 성공을 거두는 경우가 여기 해당한다. 소위 '개천에서 용 나는' 것이다. 가난하고 억압받던 과거에는 이런 성공스토리가 드물지 않았다. 그래서인지 아직도 사람들은 여기에 집착한다. 국가대표 운동경기에서 외국팀에 지면 정신력이 약하다고 하고 헝그리 정신이 없다고 비난한다. 그러나 배고파 본 적이 없는 요즘 젊은이들에게 헝그리 정신을 들먹여봐야 아무 소용이 없다.

또 다른 전략은 인간의 본능적 욕구, 즉 식욕, 성욕, 명예욕 등을 이용하는 것이다. 식욕은 헝그리 정신으로 이해할 수 있다. 성욕은 자신의 후손을 남기려는 것으로 생물학적으로 가장 강력한 욕구다. 생각보다 훨씬 폭넓게 작용한다. 남녀 간의 애정에 의한, 애정을 위한 노력으로 어려움을 이겨내고 불가능을 극복한다.

유교권에서는 효성도 어려움을 극복하는 원동력이 된다. 부모의 은혜에 보답하기 위해 어려움을 참고 성공하는 것이다. 나도 경험했다. 우리 집은 학교에서 멀어 중고등학교 시절 아침 일찍 집을 나서야 했다. 나는 어려움이 닥칠 때마다 어두운 새벽에 부엌에서 아침을 준비하시던 어머니 모습을 상기하면서 힘을 얻곤 했다.

사회적 동물인 인간에게는 명예욕도 중요하다. 다른 사람에게 인정받고 싶은 욕망이다. 집단을 대표하는 자격을 부여하면 이 욕망이 승화된다. 국가대표 선수들은 태극마크를 가슴에 달면 자기도 모르게 없던 힘이 솟아난다고 한다. 경기에서도 주장이나 중요한 포지션을 맡기면 책임감을 느껴 잘하는 선수가 많다. 명예욕이 더욱 승화되면 일종의 소명이 된다. 일을 자신의 운명으로 생각하고 어려움을 이기고 성취하는 것이다.

　성공을 위해 노력하는 것보다 더 중요한 것이 있다. 진정한 성공이 무엇인지 반드시 생각해 보아야 한다는 점이다. 재물이 많으면, 또는 지위가 높으면 성공인가? 조직 폭력배의 두목이나 전두환 전 대통령을 두고 성공한 사람이라고 하지는 않는다. 진정한 성공에는 전제 조건이 있다. 훌륭한 인성에 바탕을 둔 진실성과 윤리성이 바로 그것이다. 인생을 항해에 비유한 이야기가 있다. 배 안에 무거운 짐 두 개가 실려 있었다. 짐 위에는 각각 '진리'와 '도덕'이라고 적혀 있었다. 풍랑을 만나자 선장은 배를 가볍게 하려고 이 짐들을 물 속에 던져 버렸다. 그러나 배는 방향을 잡지 못하고 한 자리만 빙빙 돌다 결국 가라앉고 말았다. 나중에 알고 보니 두 개의 짐은 항해에 꼭 필요한 식량과 물이었다! 배는 가벼워졌으나 항해를 계속할 원동력이 없어지고 말았던 것이다. 〈수피

우화〉에서 철학자 수피는 자기 꼬리를 잡으려고 빙빙 도는 강아지에게 이렇게 말한다. "성공과 행복은 너의 꼬리에 있다. 그러나 살랑거리는 꼬리를 뒤쫓으며 돌지 마라. 네가 자신에게 열중하여 자유롭게 뛰어다니면 꼬리는 언제나 너의 뒤를 따라오니 의심하지 마라."

의심하지 마라. 확실한 의지를 가지고 노력하여 어려움을 이기고 양성 피드백에 도달하면 그 일이 즐거워지고 성공은 저절로 우리를 따라올 것이다.

신神과 동물 사이

흔히 인간은 신과 동물 사이에 있는 존재라고 한다. 아리스토텔레스는 신−인간−동물−식물−무생물의 위계질서가 있다고 했다. '중간자中間者'라는 개념은 비단 학자들뿐 아니라 대중 사이에도 널리 퍼져 있어 인간사의 다양한 측면에서 관찰되고 적용된다.

　생물체의 발전을 설명하는 이론에 진화론과 창조론이 있다. 진화론은 모든 생물의 조상이 동일하고, 환경에 따라 변화하고 적응하면서 현재의 생물계가 만들어졌다는 주장이다. 창조론은 신이 다양한 동식물종을 한꺼번에 만들었다는 생각이다. 두 진영 모두 동물 중 인간이 가장 뛰어나 신과 비슷하다는 점만은 인정한다. 진화론에서는 유인원에서 높은 지능을 가지는 방향으로 극단적으로 진화한 것으로, 창조론에서는 신이 자신을 닮은 존재를 만든 것으로 설명한다. 이치를 생각하면 진화론이지만, 원숭이와 인간 사이에 존재하는 엄청난 지능의 차이는 진화만으로 설명되지 않는 면도 있다. 사람과 가까운 종족인 원숭이와의 관계는 연구 대상이다. 모든 신체 장기의 구조와 기능이 거의 같다. 유전자 분석도 99%가 동일하다. 사람이 원숭이에서 진화했다는 증거는 다양하다. 예를 들어 원숭이는 6세 정도에 성인이 되고, 사람은 15세 이상 되어야 어른 몸으로 자란다. 그런데 사람도 원숭이 성인에 해당하는 6세에 이르면 성호르몬이 일시적으로 분비된다. 원숭이 시절의 흔적이 남아있는 것이다. 남녀칠세부동석男女七歲不同席이라는 말이 아무런 근거 없이 생긴 것이 아니다. 우리 나이로 7살이 되면, 남녀가 이성으로 느껴진다는 것이다.

사람이 다른 동물을 뛰어넘게 된 이유는 지능에 있다. 유인원과 비교해 두뇌 활동에 관여하는 유전자는 미미한 차이만 있을 뿐 비슷하지만 활성도는 크게 다르다. 유인원보다 사람이 우월해진 까닭은 의사소통과 기록을 통해 지식을 모으고 분석하여 후세를 교육시키기 때문이다. 물론 유인원도 자식을 교육시키지만 사람과 같은 적극적인 교육이 아니라 수동적인 교육이 대부분이다. 높은 지능은 이성을 낳았다. 신의 영역에 도전하는 능력이다. 인간의 육체가 가진 속성은 동물과 다를 바 없지만 지능과 이성을 갖춘 정신은 모든 제약에서 자유롭다. 오직 인간만이 이성과 자유의지를 가지며, 그것을 통해 본능을 넘어서는 행동을 한다. 물론 모두 그렇다는 뜻은 아니다. 인간이라면 누구라도 그런 능력을 가지고 있다는 뜻이다. '인간다운 인간이 되거나, 짐승과 다를 바 없게 되거나'를 스스로 결정한다. 이 중요한 능력을 이성, 양심, 도덕성, 자유의지, 선의지 등으로 다양하게 부른다. 하지만 신과 비교하면 항상 불완전하다. 이런 부족한 부분도 '인간적'이라고 한다. 언어에서도 인간은 신과 동물 사이에 있다.

　나는 인류의 또 다른 장점이 가소성可塑性, plasticity이라고 본다. 다른 동물은 태어나거나 어릴 때 바로 온전한 생명체가 된다. 구조와 기능이 대부분 결정되어 있는 것이다. 사람은 다른 동물에 비해 훨씬 미완성인 신체를 지니고 태어나 15-20년간 성장한다. 갓 태어난 송아지는 이내 걸어 다니지만 사람의 아기는 무력하다. 정신적으로도 마찬가지다. 철학자 셸러는 "인간은 환경을 변화시키며 새로운 세계를 열어 가는 개방성의 존재이다. 다시 말하면, 동물의 생生은 닫혀 있지만 인간의 삶은 항상 열려 있다. 인간은 가소성만 가지고 출생하여 사회 안에서 문화를 습득하면서 자신을 이룩해 가는 존재다."라고 정의했다. 신체나 두뇌의 기능이 환경에 적응하면서 비로소 서서히 나타나는 것이다.

신이라는 완벽한 존재와 비교해 사람에게는 불완전성과 가소성이 있다는 사실은 인간의 생각과 행동을 이해하고 예측하는 데 매우 중요하다. 인류 역사상 원리적인 이념과 규율을 사회에 적용하려는 노력이 크게 두 번 있었다. 바로 기독교 사상과 공산주의다. 원죄, 구원, 영생을 기반으로 한 기독교는 5세기부터 15세기까지 서양 중세시대를 지배했다. 사랑, 신앙, 영생으로 가득한 밝은 세상을 기대했지만 실제로는 면죄부로 상징되는 암흑시대가 되고 말았다. 인류 역사상 가장 인본주의가 위축되고 종교의 위선이 판치는 시대로 전락한 것이다. 또 한 번의 시도는 공산주의였다. 마르크스가 1867년 대영제국 도서관 책상 위에서 쓴 〈자본론〉은 당시 지식인의 바이블이 되었다. 모든 사람이 능력껏 생산하고 사적 소유 없이 필요한 만큼 사용하자는 공산주의는 완벽한 이론처럼 보였다. 그러나 구성원이 모두 성인군자가 아닌 이상 이러한 사회를 구현한다는 것은 불가능하다. 불완전한 인격은 남보다 더 일하고 더 적은 소득을 가져 가는 상황을 용납하지 못한다. 공산주의 사회에서는 태만과 태업이 횡행했고 정부는 노동을 강요하면서 새로운 공포정치가 등장했다. 소련과 동유럽의 모든 공산정권이 무너졌으니 역사적으로 KO패를 당한 셈이다.

불완전한 인간에게 융통성 없는 원칙을 적용하면 반드시 실패

한다. 그러면 어떻게 해야 하나? 우선 신과 짐승 사이의 중간자라는 위치를 인정해야 한다. 인간은 다른 동물과 마찬가지로 본능과 감성에 크게 영향받지만 이성으로 조절할 수 있는 불완전한 인격체다. 이성적, 윤리적인 기준을 이해하지만, 동물이기에 이를 완벽하게 준수하지 못하고 때로는 과실을 범한다. 이러한 경우에 사회생물학적인 입장으로 이해하면서도 이성에 호소하는 적절한 대처가 필요하다. 가변성의 장점도 참고하자. 일본에서 수필가로 활약했던 김소운 선생의 작품 중에 〈특급품〉이라는 글이 있다. 일본 바둑판에 대한 이야기다.

일등품 바둑판은 연하고 탄력이 있는 비자나무로 만든다. 두세 판국을 두면 바둑돌에 의해서 움푹움푹 들어가나 며칠이면 다시 평평해진다. 그러나 불의의 사고로 바둑판이 갈라지기도 한다. 균열된 바둑판은 헝겊으로 싸서 1-3년 내버려 두면 계절이 바뀌고 추위, 더위가 여러 차례 순환한다. 그 동안에 바둑판은 제 힘으로 상처를 고쳐서 본래대로 붙고, 균열진 자리에 머리카락 같은 희미한 흔적만이 남는다.

한번 균열이 생겼다가 제 힘으로 도로 붙는 것은 비자나무의 유연성을 실제로 증명해 보인, 이를테면 졸업 증서이다. 하마터면

목침같이 될 뻔했던 불구 병신이, 그 치명적인 시련을 이겨내면 되레 한 급級이 올라 특급품이 되어 버린다. 재미가 깨를 볶는 이야기다.

더 부연할 필요도 없거니와, 나는 이것을 인생의 과실過失과 결부시켜서 생각해 본다. 언제나, 어디서나 과실을 범할 수 있다는 가능성, 그 가능성을 매양 꽁무니에 달고 다니는 것이, 그것이 인간이다.

— 중략 —

그러나 과실로 해서 더 커가고 깊어가는 인격이 있다. 과실로 해서 더 정화淨化되는 굳세어지는 사랑이 있다. 생활이 있다. 누구나 할 수 있는 일은 아니다. 어느 과실에도 적용된다는 것은 아니다. 제 과실, 제 상처를 제 힘으로 다스릴 수 있는 '비자나무 바둑판'의 탄력 — 그 탄력만이 과실을 효용한다. 인생이 바둑판만도 못 하다고 해서야 될 말인가.

우리는 생명의 진실을
얼마나 아는가

한 모임에서 인문학 교수 한 분이 내게 물었다. "지금 과학 지식으로 생명 현상의 몇 퍼센트가 밝혀져 있습니까?" 그러면서 약 10% 정도는 되느냐고 덧붙였다. 나는 0.1%도 안 될 것이라고 생각한다.

말레이시아 국립박물관에 방문한 적이 있다. 입구를 지나 한 가운데 놓인 첫 번째 전시물이 나무줄기 및 나뭇잎과 똑 같은 모양으로 변형된 곤충이었다. 이 생물체를 보고 나는 학교에서 배운 소위 중심원리central dogma의 오류를 확신했다. 중심원리란 모든 생물체는 DNA에서 RNA가 만들어지고, RNA에서 단백질이 만들어지는데, DNA는 오직 변이에 의해서만 변한다는 학설이다. 무작위 DNA 변이에 의해 만들어진 단백질이 환경에 맞는 특성을 갖는다면 그 유전자를 가진 생물체가 번성하여 점차 그 방향으로 진화된다는 것이다. 그러나 무작위 DNA 변이에 의해 곤충이 나뭇잎과 비슷하게 변하는 것은 너무나 비효율적이라 오랜 기간이 걸린다. 실상은 거의 불가능할지도 모른다. 라마르크는 용불용설用不用說을 주장하여 생물은 환경에 적응하여 잘 살 수 있는 방향으로 진화한다고 했다. DNA의 변이가 어떤 피드백 기전에 의해 조절되어 한 방향으로 진화한다는 의미다. 오랜 전에 생화학을 비롯한 기초의학자들에게 물어보았으나 그런 기전을 분자생물학적으로 찾지 못했다고 들었다. 그러나 최근 이러한 피드백 작용을 유추할 수 있는 근거들이 점차 밝혀지고 있다. 후성설epigenesis과 마이크로micro RNA가 그것이다. 유전자의 이중나선은 조밀하게 묶여 있어 자체로는 활성화되지 못하고 효소에 의해 묶인 부분이 풀려야 활성화된다. 단백질에 의해 DNA 활성이 조절되는 것이다. 마이크로 RNA는 세포질에서 정상적인 RNA의 기능을 조절하는 능력이 있단다. 이런 기전의 규명은 시작에 불과하고, 앞으로 더 많은 진실이 밝혀질 것이다.

다양한 사회생물학적 현상을 집단지능으로 설명한다. 집단지능은 개미나 벌처럼 사회생활을 하는 곤충에서 쉽게 찾아볼 수 있다. 개미나 벌의 개체별 지능은 높지 않으나 단체가 되어 집단행동을 할 때는 뛰어난 지능을 보인다. 개미는 냄새에 의해 집단지능을 발휘한다고 밝혀졌다. 먹이가 있는 장소를 처음 발견한 개미는 자신의 궤적을 냄새로 표시한다. 다른 개미들은 이 냄새를 따라 먹이를 찾아내는데 먹이가 클수록 냄새도 더 강해져 더 많은 개미가 모여든다.

사실 집단지능은 인간에서 더 뚜렷이 나타나며 책과 교육을 통해서 극대화된다. 한 사람의 지적 능력으로는 도저히 실현할 수 없는 우주 탐색, 로봇 개발 등이 가능해진 것은 집단지능의 덕이다. 사회생활에도 집단지능이 발휘된다. 대통령 선거라는 제도를 통해 우리나라의 지도자가 된 인물들의 면면을 보면 논란의 여지가 있으나 대체로 그 시기에 필요한 인물을 뽑았다고 생각한다. 건국 초기에는 외교에 능한 이승만 대통령, 경제개발 시기에는 개발독재 박정희 대통령, 경제의 안정화에는 극우파인 전두환 대통령, 민주주의의 회복에는 투사 김영삼 대통령, 진보주의의 진전에는 좌파의 김대중, 노무현 대통령이 나라를 이끌었다. 소위 집단지능이 시대에 적절한 민의民意의 형태로 나타난 것이다.

우리가 전공하는 생물체의 내부를 들여다봐도 문제는 해결할 수 없을 만큼 깊다. 어떤 작용을 이해해도 의문은 꼬리를 문다. 여러 가지 단백질의 피드백에 의해 유전자가 변하여 나뭇잎과 흡사한 곤충이 되는 진화 과정을 자세히 규명했다고 하자. 모든 과정의 분자생물학적 변화를 설명해도 왜 나뭇잎 모양으로 진화 방향을 정했는지는 대답하지 못할 것이다. 이어령 교수와 대화 중 이런 말을 들었다. 현재 자연과학의 기본 개념은 뉴턴의 만유인력이란다. 그러나 자연과학은 생명현상의 반만 설명한다. 즉 사과가 나무에서 떨어지는 작용만 설명했지 그 사과가 열리기까지의 과정은 해석하지 못한다. 물론 적당한 햇빛과 물이 있는 땅에 사과 씨가 자리를 잡았을 것이다. 그러나 왜 그 환경, 그 시간에 사과 씨가 왔는지는 해답이 없다. 인문학은 답을 줄 수 있을까? 아마 우리를 둘러싼 우주나 생명의 진실을 규명하는 것은 인간의 몫이 아니리라.

글 한 줄,
노래 한 소절의 힘

세상사가 고도화되면서 문화가 경제활동에 미치는 영향이 점점 커진다. 여가에 떠나는 여행은 특히 개인 취향에 따라 선택하기 때문에 문화의 효과가 크다. 소설, 노래, 영화, 드라마를 통해 우연히 보고 들은 인상이나 정보가 여행지를 선택하는 데 결정적으로 작용하는 것이다.

강원도 평창군 봉평읍은 아주 외진 산골이었다. 일제시대의 유명한 소설가인 가산 이효석 선생이 여기서 태어났다. 선생은 초등학교만 이곳에서 다니고 상경해 경성제국대학 영문학과를 졸업했다. 한때 사회적인 경향이 강한 동반작가였으나 서정주의로 변신하여 1936년에 대표작 〈메밀꽃 필 무렵〉을 발표했다. 봉평읍 주변 5일장을 떠돌며 좌판을 벌여 먹고 사는 허생원이 유일한 혈육인

동이를 만나는 과정을 그린 단편 소설이다. 뛰어난 서정성과 자연의 아름다움을 묘사한 이 작품은 고등학교 교과서에도 실려 친숙하다. 마지막 부분이 아들로 확신하는 장돌뱅이 동이 청년과 함께 봉평 장터를 떠나 운명의 여인 동이 엄마와의 재회를 기대하며 달밤에 고개를 넘는 장면이다.

이지러는 졌으나 보름을 갓 지난 달은 부드러운 빛을 흐뭇이 흘리고 있다. 대화까지는 팔십 리의 밤길, 고개를 둘이나 넘고 개울을 하나 건너고 벌판과 산길을 걸어야 된다. 길은 지금 긴 산허리에 걸려있다. 밤중을 지난 무렵인지 죽은 듯이 고요한 속에서 짐승 같은 달의 숨소리가 손에 잡힐 듯이 들리며, 콩포기와 옥수수 잎새가 한층 달에 푸르게 젖었다. 산허리는 온통 메밀밭이어서 피기 시작한 꽃이 소금을 뿌린 듯이 흐뭇한 달빛에 숨이 막힐 지경이다. 붉은 대공이 향기같이 애잔하고 나귀들의 걸음도 시원하다.

"산허리는 온통 메밀밭이어서 피기 시작한 꽃이 소금을 뿌린 듯이 흐뭇한 달빛에 숨이 막힐 지경이다." 이 한 문장이 지금 봉평읍 5천여명과 주변 주민을 먹여 살린다. 8월 말부터 9월 초 사이에 피는 메밀꽃을 보기 위해 전국 각지에서 관광객이 모여들고 읍내 식당에는 메밀을 원료로 한 각종 음식이 사시사철 날개 돋친 듯 팔린다. 관청과 주민들도 많은 노력을 기울인다. 메밀을 이용한 새로운 음식을 개발하여 국수뿐만 아니라 메밀막국수, 메밀묵말이, 메밀묵, 메밀전병, 메밀부침, 메밀막걸리를 내놓았다. 볼거리로는 소설의 배경인 봉평에 메밀 5일장이라는 체험프로그램이 있고, 6만평 규모의 메밀꽃밭을 조성하여 8월 하순부터 9월 중순까지 축제를 벌인다. 생가를 복원하고 따로 이효석 문학관을 크게 지어 자료를 전시하고 영상관도 만들었다. '이효석 문학의 숲'도 빼놓을 수 없다. 소설 속 주막집, 물레방앗간, 고갯길 등을 재현하여 숲 속에서 작품을 음미하는 공간이다. 마침 부근에 큰 리조트가 형성되어 스키장, 골프장, 수영장, 사격장 등 각종 스포츠 시설과 호텔, 식당이 들어섰는데 〈메밀꽃 필 무렵〉의 볼거리, 먹을거리와 상승작용을 일으켜 새로운 관광지로 각광받고 있다. 여기에 고산에서 자라는 특용작물이 더해지니 주민들의 소득 수준은 상당히 높은 편이다. 80년 전 이효석이라는 천재 작가를 이웃에 두었던 인연으로 지금 경제적인 이익을 얻는 것이다. 1999년부터 대규모 '평창효석문화제'를 만들어 그의 문학적 성취를 기리고 있으니 이효석 선생도 보답을 받은 셈이고.

멀리 이탈리아 소렌토로 눈길을 돌려보자. 나폴리에서 해안을 따라 남쪽으로 내려가면 폼페이를 거쳐 아말피 반도에 이른다. 50km에 달하는 아말피 해안선에는 깎아지른 절벽 위 좁은 땅에 작은 도시들이 들어서 있다. 예로부터 절경으로 유명해 중세에는 수도원이 세워졌고 현재는 최고급 호텔과 세계적인 부호들의 별장이 즐비하다. 절벽은 해안에서 수직으로 가파른데 굴껍질처럼 집들이 바위에 다닥다닥 붙어있다. 그 사이 조각땅에 테라스를 만들고 과일, 채소, 포도, 올리브, 레몬을 키운다. 앞을 가로막은 건물이 없으니 집에서 바다가 바로 내려다보이고, 수도원이나 호텔에서는 담청색의 잔잔한 지중해와 절벽 사이로 조그만 모래 해변이 보인다. 따로 바닷가로 내려오는 길이 없어 바위를 뚫고 엘리베이터를 만들었다. 천하절경 아말피 반도에는 비슷비슷한 도시가 많은데 오직 소렌토에만 관광객이 가득하다. 순전히 크루티스가 작곡한 〈돌아오라 소렌토로〉라는 가곡 덕분이다. 1902년 이탈리아 수상이 가뭄 현장을 순방하는 길에 소렌토 호텔에 묵게 되었다. 당시 시장이자 호텔 주인이었던 트라몬티노는 수상에게 우체국을 세워달라고 청원했다. 우여곡절 끝에 약속을 얻어냈는데 수상이 언약을 잊지 않도록 즉석에서 만든 노래가 바로 〈돌아오라 소렌토로〉다. 이 노래는 나중에 나폴리 가요제에 첫 선을 보여 많은 갈채를 받으면서 세계적인 명곡이 되었다.

아름다운 저 바다와 그리운 그 빛난 햇빛

내 맘속에 잠시라도 떠날 때가 없도다.

향기로운 꽃 만발한 아름다운 동산에서

내게 준 그 귀한 언약 어이하여 잊을까

멀리 떠나간 그대를 나는 홀로 사모하여

잊지 못할 이곳에서 기다리고 있노라

돌아오라 이곳을 잊지 말고

돌아오라 소렌토로 돌아오라

나 역시 이곳을 여행할 때 소렌토에서 하룻밤을 묵었다. "돌아오라 소렌토로 돌아오라"라는 한 소절 때문이었다. 소렌토에서는 여기저기서 밤이 새도록 이 노래를 연주하고 부른다. 가사에 착안해 엮은 스토리로 뮤지컬을 상영하는 곳도 있다. 칸초네 한 곡의 원류를 찾아 소렌토를 들렀다 온 김에 아말피 해안선과 인근 마을을 관광하는 사람도 적지 않다.

한 줄의 문장, 한 소절의 노래 가락이 이토록 막대한 영향을 끼친다. 물론 모든 소설과 음악이 그런 것은 아니다. 문화적인 요소가 힘을 발휘하려면 몇 가지 조건이 필요하다. 〈메밀꽃 필 무렵〉과 〈돌아오라 소렌토로〉를 자세히 들여다보자. 우선 특출하게 아름다운 자연이 있다. 달밤이면 더욱 아름다운 메밀꽃밭, 화창한 태양과 절경인 해안선이 있다. 여기에 뛰어난 안목을 가진 예술가가 더해진다. 이효석 선생은 달밤의 메밀꽃밭을 서정적으로 그려냈다. 시각과 후각을 동원하여 숨이 막힐 정도로 아름다운 풍경을 묘사한 후에 주인공의 애잔한 정서를 불어 넣어 달빛마저 흐뭇해진다. 이태리 가곡의 가사 역시 시각적, 후각적 표현으로 향기로운 꽃 만발한 아름다운 절벽을 불러낸 후 떠난 연인을 기다리는 애절한 마음을 포개 놓았다. 노래 가락 또한 아름답고 따라 부르기 좋아 순식간에 퍼져나갔다. 또한 소설과 가곡을 모든 사람에게 친숙하게 만든 매개체가 있었다. 〈메밀꽃 필 무렵〉은 교과서에 실려 모든 한국인이 알게 되었고, 〈돌아오라 소렌토로〉는 세계적인 테너 파바로티의 애창곡이었다. 마지막으로 아름다운 예술을 문화 상품으로 전환하고 확대시키려는 노력이 있었다. 봉평에서는 민관이 함께 노력하여 환경을 만들고, 프로그램을 개발하고, 리조트를 유치했다. 소렌토 사람들은 단순한 우체국 청원가를 세계적인 칸초네로 바꾸고, 자신들의 도시를 노래처럼 활기와 열정이 넘치는 관광지로 변모시켰다. 끊임 없는 노력을 기울이는 것은 물론이다.

요즘에는 소설이나 가곡보다도 유행가, TV 드라마나 영화가 대중에게 더 친숙하다. 이런 문화 활동으로 관광지를 자연스럽게 소개하고 선전하는 방법을 모색해야 한다. 가장 성공적인 도시가 뉴욕이다. 뉴욕의 삶은 수많은 미국 영화 속에 등장한다. 사람들의 무의식에 아로새겨져 많은 사람이 한번쯤 가보고 싶어 한다. 서울은 어떤가? 세계인에게 무슨 이미지를 주는가? 한번쯤 생각해 보아야 할 것이다.

박완서와 박수근,
그리고 나목裸木

예술가란 어떤 사람인가? 백과사전은 "회화, 문학, 음악, 무용, 연극이나 영화 등을 이용하여 아름다움을 표현하는 사람"이라고 정의한다. 여기서 아름다움이란 곧 진선미眞善美로서 분야에 관계없이 모든 예술이 공통으로 추구하는 지고의 목표다. 나는 세상에서 예술가가 가장 좋은 직업이라고 생각한다. 창작을 통해 현장에서 바로 자아의 실현을 경험하기 때문이다.

훌륭한 예술가의 영향으로 또 다른 탁월한 예술가가 탄생하는 좋은 인연은 드물지 않다. 금세기 한국을 대표하는 소설가 박완서 선생도 그런 인연의 주인공이다. 그를 문학의 세계로 인도한 사람은 바로 박수근 화백이다. 1931년생인 박완서 선생은 1950년 4월에 서울대학교 문리과 대학에 입학했다. 그러나 곧 6.25 전쟁이 발발하여 낭만적인 대학 생활은 거의 못하고 전쟁의 소용돌이에 휘말리게 되었다. 전쟁 초기에 미처 서울을 빠져나가지 못한 가족은 오빠를 잃고 갖은 고생을 했으며 그녀는 생활고로 학업도 중단해야 했다. 집안을 책임지게 된 어린 처녀는 미군부대 PX에서 일하게 되었다. 그녀의 일은 미군 병사들이 지닌 여자 친구나 가족의 사진을 초상화로 만들어주는 것이었다. 초상화는 화가들이 그리고 그녀는 짧은 영어로 병사들을 설득해 일을 성사시키는, 말하자면 거간꾼이었다. 그 화가들 중에 박수근이 있었다. 일의 절차상 주도권을 행사했던 박완서는 처음에 그를 극장 간판장이 수준정도로 취급했다. 그러나 박 화백의 작품과 인품을 접하면서 점차 가까워지고 존경하게 된다. 전쟁이 끝난 후 회사원과 결혼한 박완서는 다섯 아이를 낳아 키우며 평범한 주부로 살았다. 그러나 학창시절부터 마음 속 깊이 묻어둔 작가의 꿈을 버릴 수 없었다. 김장철이 지나고 다소 한가해진 겨울날 박수근 화백의 추억을 바탕으로 자서전적 소설을 쓰기 시작한다. 한밤중 가족들이 잠들면 홀로 차가운 윗목에 앉아 손을 비비면서 쓴 작품이 바로 처녀작 〈나목裸木〉이다. 이 소설이 〈여성동아〉 공모전에 당선되면서 소설가 박완서가 탄생했으니 그녀 나이 40세였다.

한편 박수근 화백은 1914년 강원도 양구에서 태어났다. 초등학교만 졸업한 그는 일찍이 회화에 재능과 흥미를 발견하고 화가가 되기로 결심한다. 그림으로 먹고 살기가 어려웠던 시절이라 시계 수리 기술을 배워 낮에는 돈을 벌고 밤에는 미술공부를 했다. 옆 집에 서울 유학까지 다녀온 규수가 살았다. 오래도록 남몰래 그녀를 짝사랑하던 박수근 화백은 어느 날 거절당할 각오를 하고 청혼을 한다. 교육 수준이 너무나 차이가 났지만 그녀는 그의 잠재성을 발견했던지 뜻밖에도 청혼을 받아들였다. 부부는 서울로 올라와 설렁탕집을 하면서 회화 공부와 작업을 계속했다. 소설 〈나목〉은 두 사람의 운명적 해후와 인연을 아주 사실적으로 그려낸다.

한국전쟁으로 대학을 중퇴하고 미군 PX에서 초상화 중개인으로 일하는 여주인공이 화가와 만난다. 화강암 색조의 배경에 헐벗은, 그러나 끈질기게 봄을 기다리는 나목을 형상화한 유채화에서 여주인공은 전쟁의 상처를 위로 받고 희망을 꿈꾼다. 주인공과 화백은 나이 차이를 넘어 서로 좋아하게 된다. 당돌한 그녀는 화가를 훌륭한 예술가로 만들겠다며 양보를 받아내려고 화백의 부인을 찾아간다. 그러나 부인은 그녀보다 더 지적이고 예술에 대해서도 전문가였다. 낙담한 주인공은 자기를 쫓아다니던 미군부대 군무원과 결혼한다.

소설가 박완서 선생은 늦은 나이에 등단했으나 왕성하게 소설과 산문을 발표하여 시대를 대표하는 작가로 성장했다. 상식적인 관점에서 일반 서민의 삶을 예리하게 분석한 그의 글은 수많은 사람들의 지지를 얻어 '국민 작가'로 불린다. 작품의 주제도 전쟁으로 일그러진 삶을 시작으로 현대사회의 문제점, 소시민의 고통, 억눌린 여성, 죽음과 신앙 등 다양하게 확장해 나갔다. 이 국민 작가를 예술의 세계로 인도한 사람이 결국은 박수근 화백인 셈이다. 처음 두 사람의 인연을 그린 소설로 등단한 이래 박수근 작품의 모티프는 박완서의 소설에 그대로 그림자를 드리웠다. 화강암의 질박한 색조와 아이 업은 여인의 뒷모습에서 느끼는 삶의 익숙한 고달픔을 근간으로, 헐벗은 나목의 가지처럼 인간의 허위와 위선을 숨김없이 벗기고 파헤친 다음, 밑바닥에서 우러나는 공감과 측은심을 통해 서로 위로하고 위로받아 극복하는 스토리다. 그림과 소설 모두 우리 삶의 고통과 인내를 묘사하고 끈질기게 희망을 노래한다. 두 사람은 우리가 겪은 근세의 지난한 경험을 바탕으로 고난과 극복 과정을 통해 진솔한 삶을 관조하며 한국적인 진선미를 성취했던 뛰어난 예술가였다.

과연 현실 속에서 박수근과 박완서 두 사람의 관계는 어땠을까? 소설에서는 서로 사랑하고 여주인공이 결혼을 생각할 정도로 가까웠다. 남자는 내심 원하지만 소극적 행동으로 일관한다. 박완서 작가와 비슷하게 늦은 나이에 등단했지만 현재 왕성하게 활동하는 소설가 은희경 선생은 내게 이렇게 말했다. "글을 쓰다가 잘 안 풀리면 주인공끼리 연애를 하게 합니다. 삶의 변화를 그리는 것이 소설인데 변화의 동기 중에 남녀 간 사랑이 가장 강력한 것 같아서요."

또 하나의
'오만과 편견'

이백 년 전 출간된 제인 오스틴의 소설 〈오만과 편견〉은 영국에서 꾸준히 사랑을 받아왔다. 1999년 BBC 방송에서 '지난 천 년 동안 최고의 문학가'를 조사한 결과 셰익스피어에 이어 두 번째로 제인 오스틴이 선정되었고, 2003년 '영국인이 가장 사랑하는 책' 투표에서도 〈오만과 편견〉이 〈반지의 제왕〉에 이어 2위를 차지했다. 이 소설은 여섯 번이나 영화로 만들어졌는데 가깝게는 2005년 키이라 나이틀리가 주연한 영화가 우리나라에서도 인기리에 상영되었다. 이 책을 처음 보았을 때 거창한 제목 때문에 철학이나 사회학 서적인 줄 알았다. 알고 보니 청춘 남녀의 오해와 갈등을 다룬 연애소설이었다. 특히 여성의 섬세한 관점에서 사랑과 결혼을 묘사해 현대 연애소설의 시조가 되었다. 어려운 환경의 착한 여성이

왕자님 같은 남자를 만나 신분상승과 행복을 찾는다는 해피엔딩은 신데렐라 신화의 모델이 되었다고도 한다.

의과대학 동기 중에 전라도 광주 출신 K가 있다. 나하고는 번호가 꽤 떨어져 예과 시절에는 서로 다른 반에서 공부했다. 본과에 진급해서도 강의는 같이 들었으나 실습은 다른 그룹으로 배정되어 서로 가까이할 기회가 없었다. 그는 주로 동향 친구들과 어울렸는데 나와는 성격이 완전히 달랐다. 나는 조용한 편이고 그는 외향적이었다. 나는 방과 후 주로 도서관에 있었지만, K는 교실에 남아 친구들과 카드놀이를 즐겼다. 별로 친하지 않아 잘 몰랐지만 집안은 부유한 것 같았다. 들기로는 부모가 서울에서 공부하는 자녀를 위해 강남에 큰 아파트를 사주었고 가정부도 두었다 했다. 어려운 집안에서 공부에 전념하던 나하고는 다른 점이 많았다. 활발한 성격으로 사소한 일에도 큰 소리로 말하는 그의 사투리가 가끔 달갑지 않게 들리기도 했다. 솔직히 말해서 나는 그를 높게 평가하지 않았다. 내가 인생을 더 충실하게 산다고 자부했던 것 같다.

이번에 의과대학 동기생끼리 일본여행을 했다. 마침 내가 쓴 자서전 성격의 수필집이 출판되어 모두에게 우편으로 보내주었다. 여행 첫날 저녁 온천탕에서 늑장을 부리다 식당에 도착하니 K의 옆자리만 비어있었다. 썩 마음이 내키지는 않았으나 그 자리에 앉아 저녁 시간을 보냈다. 그는 학창시절을 회상하며 내 책을 재미있게 읽었다고 반겼다. 수필집을 보고 나를 다시 알게 되었다고 하면서 자기 이야기도 들려주었다.

그는 광주에서 큰 사업을 하는 아버지 덕에 부유하게 지냈다. 어릴 때부터 막연하게 아버지처럼 사업가가 되려니 생각했다. 고3이 되어 학원에 다니고 따로 개인 과외도 받으면서 공부에 집중하니 성적이 급속도로 좋아졌다. 마침내 최우등생이 되자 담임선생님이 의과대학을 권했다. 집안에 의사도 없고 의료계에 대한 사전지식도 없었지만 학교의 명예까지 고려한 강력한 권유에 못 이겨 의대를 왔다. 대학에 들어와 보니 엄청나게 많은 지식을 무조건 외우는 교육이었고 멘토가 될 만한 교수나 선배도 없었다. 공부에 흥미는 없었지만 오직 낙제를 하지 않겠다는 집념 하나로 버티면서 겨우 졸업했단다. 스트레스는 같은 처지의 학생들과 카드놀이와 음주로 해결했다. 졸업 후 지방 병원에서 정형외과 수련을 받고 그곳에서 개원했다. 입원실도 갖춘 5층 건물을 지어 처음부터 크게 시작했다. 다행히 병원은 잘 되었으나 그는 개업의사 생활에도 적응하지 못했다. 그 지역의 정형외과는 교통사고 환자를 주로 보기 때문에 경찰과 자동차 보험회사의 호의와 도움이 절대적으로 필요했다. 의사로서 이들과 일종의 상거래를 해야 하는 상황에 환멸을 느꼈다. 자존심이 강하고, 생활이 이미 풍족하니 더욱 견디기 어려웠다. 마침 부동산 가격이 폭등했다. 고민 끝에 40대에 병원을 매각하고 의사 생활을 접었다. 그가 원했던 것은 조선시대 사대부 같은 생활이었다. 독서와 사색으로 정신을 수양하고, 서예, 회화, 음악으로 풍류를 즐기며 살고 싶었다. 주변의 반대도 만만치 않았지만 철저한 성격인 그는 계획을 세워 하나하나 배우며 실천한다. 시간 맞추어 등산과 체력 단련을 하고 어려서부터 들었던 남도 판소리를 따로 공부한다. 인터넷에 블로그도 만들어 많은 사람과 자료를 공유한다. 그러나 의업을 대신할 만한 본격적인 일을 찾지 못해 아직도 어딘지 미진한 느낌이라고 했다.

그의 말을 들으며 여러 가지 생각을 했다. 마음 속에 숨어있는 진정한 삶의 욕구를 파악하고, 그에 따라 생활하는 과감성과 실천력이 놀랍고 존경스러웠다. 어떻게 보면 팔자 좋은 사람이지만, 막상 K처럼 의업을 포기하고 초야에서 선비처럼 살 수 있는 사람은 극소수다. 여건이 되어도 돈, 체면, 비판 등이 두려워 자기 뜻에 따라 살지 못한다. 그는 이런 것에 얽매이지 않는 자유인이다. 한편 고등학교 시절 우수한 성적 때문에 진로를 잘못 선택하여 좌초되었던 삶이 안타까웠다. 지금은 원하는 대로 살지만 젊은 시절이 아깝다는 말이다. 그러나 의학 지식과 의사로서의 경험은 무슨 일을 하더라도 적지 않은 도움이 될 것이다. 의학의 대상은 인문학과 마찬가지로 인간 그 자체이기 때문이다. K는 다행히 의사가 되었지만 우수한 학생들이 지루한 의학공부를 버티지 못해 흥미를 잃고 심지어 학교를 떠나는 일이 너무나 많다. 성적이 좋으면 학생의 자질과 관심을 고려하지 않고 무조건 의대, 법대를 선택하는 세태는 바뀌어야 할 것이다.

그에 대한 나의 오해와 편견은 무지에 의한 것이었다. 학창시절 6년을 같이 보냈지만 피상적인 비교로 내가 더 충실하게 산다고 생각했다. 그러나 K는 순탄하고 평이한 삶을 포기하고 진정한 내면의 생각에 부응하여 남다른 시도를 하고 있었다. 참된 인생을 위해서 나보다 더 고민하며 노력했다. 우리는 밖으로 드러나는 몇 가지 언행으로 사람을 평가한다. 생각이나 행동이 나와 다르면 틀린 것이고 잘못된 것이라고 생각하기 쉽다. 나이가 들수록 정신적 유연성이 떨어져 많은 일을 아전인수로 해석하고 진선미眞善美는 내 편이라는 오만에 사로잡힌다. 끊임없는 자기성찰과 타인의 진정한 피드백이 있어야 오만과 편견의 늪을 건너 겸손과 진실의 언덕에 도달할 수 있다.

우리는 인간 세계가 계속 발전하고 진화한다고 믿는다. 찬란한 과학 발전의 혜택으로 정신적, 감성적으로도 나날이 향상된다는 착각이다. 제인 오스틴의 〈오만과 편견〉을 읽어 보면 이런 착각이 얼마나 큰 오만인지 알 수 있다. 2세기 전 평생 미혼으로 지낸 작가가 결혼이라는 인생의 절정을 재구성한 이 소설을 통해 예리한 지성과 풍성한 감성을 음미해 보자. 그녀와 이 소설이 왜 그토록 오랫동안 사랑받는지 절로 알게 될 것이다.

피카소의
그림 세 점

어려서부터 미적 감각이 없었다. 내가 다니던 중고등학교는 창덕궁 후원과 담벼락을 사이에 두고 있었다. 봄가을로 미술시간이면 운동장에서 궁궐의 후원을 내려다보며 풍경화를 그렸다. 하늘과 나무와 땅의 색깔을 원색으로 표현하는 수준의 그림 솜씨는 학창 시절 내내 거의 발전이 없었다. 대학교 입시에서 면접을 보던 교수님이 미술 성적이 유난히 나쁜 것을 신기해 할 정도였다. 풍경화를 그리던 중 친구가 나뭇잎에 다른 색깔도 덧칠해보라고 조언해주었다. 나는 초록색 한 가지면 충분하다고 우겼다. 그러나 나뭇잎도 사실은 연두색, 초록색, 짙은 초록색, 검은 초록색 등 다양한 색깔의 혼합이라는 사실을 나중에야 깨달았다.

삼십 대에 미국 워싱턴 DC 근교에 위치한 국립보건원NIH에 연구하러 갔다. 마침 집 가까이 스미소니언 박물관이 있었다. 백악관 옆에 큰 광장이 있고 한쪽은 워싱턴 기념비, 맞은편은 국회의사당인데 그 사이 넓은 잔디밭을 스미소니언 박물관 소속 자연사 박물관, 항공우주 박물관, 미국역사 박물관과 함께 두 동의 미술관이 둘러싸고 있다. 서쪽에 있는 상설미술관은 약 3,300점의 작품을 전시하고, 동쪽의 특별관은 수개월마다 전시 주제를 바꾸었다. 미국에 머무는 동안 찾아 오는 친지와 친구들을 관광시키면서 미술관을 자주 드나들었다. 같은 그림을 계속 보고 책을 통해 지견을 넓히자 어느 정도 안목이 생겼다. 프랑스 인상파의 그림을 즐기게 되고, 기획특별전을 통해서는 각 화가의 예술적 특성을 파악할 수 있었다. 고갱 특별전이 기억에 남는다. 전 세계에서 그의 작품을 끌어 모으고 심지어 타히티 섬에 있는 오두막집을 재현하여 벽에 그린 그림과 기둥에 새긴 조각까지 실제처럼 전시했다. 친구 따라 십여 차례 고갱 전시회를 보면서 생경했던 타히티의 보라색에 점차 익숙해졌다.

　　그러나 나의 미적 안목은 주로 공부를 통해 얻은 것이다. 동양화는 실제 그림의 미적 요소보다 그림이 상징하는 지적 요소를 더 중시한다. 예컨대 칠순 잔치에는 묘작도猫雀圖를 선물한다. 말 그대로 고양이와 참새를 같이 그린 것인데 고양이 묘猫자는 70세 노인을 뜻하는 중국말과 발음이 같고, 참새가 지저귀는 소리는 기쁠 희囍와 비슷하다고 하니 결국 칠순을 축하하는 내용이다. 팔순에는 나비와 함께 목단을 그린다. 나비 접蝶자는 팔십 노인을 뜻하는 중국말과 발음이 같고 목단꽃은 부귀영화를 뜻한다. 우리 산수화는 대자연 옆에 조그맣게 사람을 그려 넣는다. 화가 자신을 풍경 속에 이입하는 것이다. 그림 옆에 경치를 본 작가의 감상을 글로 적기도 한다.

예술에 조예가 깊은 호흡기 내과의 한성구 교수가 피카소의 유명한 작품 세 편을 소개해주었다. 의학의 눈으로 바라보면 더욱 흥미로운 그림들이다. 첫 번째는 1897년 피카소가 16살에 그린 〈과학과 자비Science and Charity〉다. 익히 아는 피카소와 달리 정통파 서양 회화로 십대 청소년의 솜씨라고는 믿기지 않을 정도다. 의사와 수녀가 임종을 앞둔 환자를 돌보고 있다. 환자의 맥을 짚는 의사는 의학, 즉 지적인 과학을, 아기를 안고 병자에게 물을 먹여주는 수녀는 감성적인 자비를 상징한다. 자비로운 마음을 지닌 채 과학적, 의학적으로 환자를 치료하는 것이 실로 진정한 의술이리라. 어린 피카소가 무슨 이유로 이런 장면을 그렸는지는 알 수 없

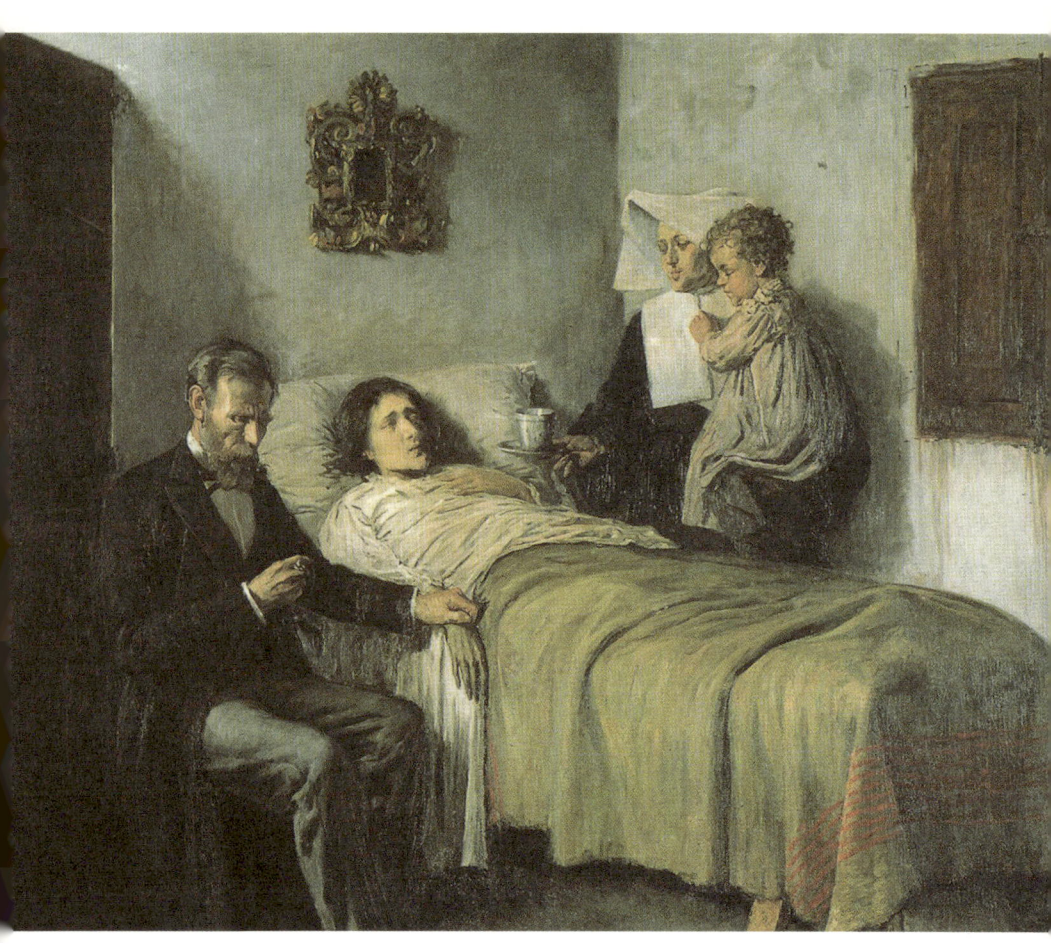

으나 의학의 정수를 나타내는 제목과 내용이다.

소년 피카소는 아버지와 여동생 롤라를 모델로 의사와 어린아이를 그렸다. 아버지도 화가였지만 피카소가 열 살 때 아들의 천재를 발견하고 자신의 직업도 포기한 채 아들의 교육에 열중했다고 전해진다. 처음에는 피카소도 아버지의 뜻과 지도를 따랐지만 사춘기가 되면서 갈등이 생기고 반발했다. 그림 속 의사의 태도에서 피카소의 소리 없는 항변을 느낀다. 그는 악화되는 환자에게 적극적인 치료는 못하고 고작 맥박만 잴 뿐이다. 죽어가는 환자를 관찰만 할 뿐이다. 무능력한 의사의 모습을 통해 아버지에 대한 반항심을 표현한 것이 아닐까?

두 번째 그림은 피카소가 26세였던 1907년 파리에서 그린 〈아비뇽의 처녀들Les Demoiselles d' Avignon〉이다. 입체파 화풍의 첫 작품인 이 그림으로 그는 일약 현대 미술계의 주역으로 떠올랐다. 가까운 동료에게도 공개하지 않은 채 100번 이상의 교정을 거쳐 완성했다고 전해진다. 당시 가난과 삶의 고통으로 우울한 일상을 보내던 그는 페르낭드 올리비에를 모델로 만나 일생의 전환기를 맞는다. 그녀에 의해 화풍이 우울한 청색 시대에서 명랑하고 화려한 장밋빛 시대로 넘어가는 것이다. 피카소는 쾌활하고 육감적이며 관능미가 넘치는 그녀를 모델로 많은 작품을 남겼다. 〈아비뇽의 처녀들〉에서는 다섯 명의 여성을 이전의 회화와는 완전히 다른 모습으로 표현했다. 사물을 한 방향에서만 보는 것이 아니라 여러 곳에서 관찰하여 입체적으로 해석한 뒤 캔버스에 재구성한 결과다. 예를 들어 여인의 가슴을 입체적으로 표현하기 위해 앞에서 본 모습과 옆에서 본 모습을 같이 그리고 감상자의 상상으로 입체감을 느끼게 하는 식이다. 2차원의 평면에 3차원적인 입체를 재구성하는 것이다. 페르낭드는 누구일까? 왼쪽에서 두 번째나 세 번째 여인이 눈에 띈다. 나는 그림 가운데 여인이라고 확신한다. 두 번째보다 장신이고 볼륨이 있기 때문이다. 다른 세 명은 아프리카 조각에서 차용한 마스크와 입체파의 변형으로 묘사된다. 이 여인을 더 자세히 보자. 큰 키와 계란형 얼굴에 쌍꺼풀진 커다란 눈동자, 뚜렷한 눈썹, 뾰족한 콧날, 가지런한 입술을 지녔다. 여기에 적당한 색감의 부드러운 피부, 풍만하고 팽팽하게 올라간 가슴, 도톰한 허리와 엉덩이, 기하학적 형태의 팔과 다리를 입체적으로 재구성하면 육감적이면서도 우아한 페르낭드가 탄생한다.

세 번째 작품은 피카소가 무려 90세였던 1972년에 그린 〈죽음을 앞둔 자화상Self-Portrait Facing Death〉이다. 수십 점의 자화상 중 사망 일 년 전에 그린 마지막 작품으로 다양한 해석과 평가를 받았다. "죽음의 공포를 묘사했다. 해골 모양의 머리, 크기가 다른 눈동자, 창백한 얼굴을 표현했다. 머리 뒤쪽의 빨간 선들은 피가 빠져나가고 있음을 암시한다."는 평론이 있는가 하면, "형형색색의 색채와 부리부리한 눈이 넘치는 에너지를 발산한다. 죽음을 뚫어지게 응시한다."는 엇갈린 평가도 있다. 의학자의 눈에는 다르게 보인다. 우선 이 얼굴은 입체파 얼굴과 달리 비대칭이 아니다. 눈썹, 눈 가장자리, 코와 턱에서 좌우 양쪽은 완전히 대칭적이다. 그러나 얼굴에 수직으로 중앙선을 그어 좌우로 나누면 전혀 다른 점이 드러난다. 좌측 반쪽은 동공이 수축되어 있고, 피부와 털은 녹회색이다. 우측 반쪽은 동공이 확장되어 있고, 주름은 더 깊어졌으며, 털도 검은색으로 변했다. 배경은 핏빛이다. 의학적으로 동공반사는 사람이 사망했는지 판단하는 손쉬운 방법이다. 살아 있을 때 눈에 빛을 비추면 동공이 축소되지만, 죽은 후에는 확장된 채로 반응하지 않는다. 즉 얼굴의 왼쪽 반은 살아있을 때이고, 오른쪽 반은 죽은 후다. 죽어가는 자신을 표현한 것이다. 2차원 화폭에 시간 경과에 따른 4차원적인 변화를 나타냈다고 할까.

옆에서 설명을 듣던 윤혜원 교수는 피카소가 외롭고 불쌍해 보인다 했다. 나는 전혀 느끼지 못한 감정이다. 그때야 나는 아직도 그림을 머리로 본다는 것을 깨달았다. 의학적 입장으로 새롭게 분석은 하지만 그 안목은 이성적 지식에 의한 것이다. 작품 자체에서 화가가 표현하는 감성을 느끼지 못하는 일종의 미치美痴인 셈이다. 어쩌면 〈과학과 자비〉도 일종의 자화상인지 모른다. 임종을 앞둔 환자가 피카소 자신이라면? 다른 예술가와 달리 생전에 명예와 부를 소유했던 피카소도 〈죽음을 앞둔 자화상〉에서 보듯 내면적으로는 외로웠던 것이다. 그렇다면 〈과학과 자비〉에서 그렸듯 아버지와 동생 같은 가족의 간호와 애정을 진정으로 그리워했을 것이다. 사실은 우리 모두 마찬가지 아닐까?

"우리가 남이가?"
─유전적 고찰

2010년 여름, 일본 교토에서 열린 세계분자영상학회에 참석하고 귀국할 때다. 학회장이 시 외곽 산속에 있어 간사이 공항까지 셔틀 버스로 2시간을 가야 했다. 마이크로 버스에 타고 보니 손님이 없어 시원한 앞자리 창가에 가방을 놓고 여유 있게 앉았다. 기사가 오더니 오늘 손님은 6명이라고 했다. 나는 자리를 정리해 달라는 소리로 듣고 가방을 의자에서 내려놓았다. 두 번째 호텔에 오니 뚱뚱한 승객 한 분이 땀을 뻘뻘 흘리면서 맨 뒤에 가서 앉는 것이 아닌가? 이상하다 싶었는데 그 다음 손님은 뒤에서 두 번째 자리에 앉고, 다음은 세 번째 하는 식으로 차곡차곡 끝자리부터 채웠다. 햇볕 들고 불편한 자리에 먼저 앉아 좋은 자리는 전혀 모르는 남을 위해 양보했던 것이다.

이번에는 우리나라 이야기 하나. 몇 년 전 서울역에서 출발하는 완행열차를 타고 지방에 내려갔다. 많은 좌석에 이미 혁대나 끈으로 사람이 있다는 표시를 해 놓았다. 앉지도 못하고 출발하기를 기다리는데, 나중에 어떤 종교단체가 들어와 자리를 잡았다. 같은 신앙인들이 즐거운 여행을 떠나게 된 것을 감사하는 기도를 드리고 기타에 맞추어 노래를 부르면서 준비해온 음식을 그들끼리만 나누어 먹는 것이었다.

한국인과 일본인의 이러한 차이는 교육에서 비롯된 것이다. 일본에서는 어릴 때부터 다른 사람에게 피해를 주지 말라고 가르친다. 더 크면 신세도 지지 말라고 가르친다. 학교나 가정에서 '인화人和'를 무엇보다 가장 좋은 선善이라고 강조한다. 심지어 친한 사이라도 선물을 주면 반드시 비슷한 수준의 물건을 답례로 주어야 한다. 남에게 신세지고는 살 수가 없는 것이다. 우리나라 사람이든 일본 사람이든 기본적 인성이 다르지는 않을 것이다. 개인이나 집단은 본능적으로 자기 이득을 추구하게 마련이다. 다만 교육으로 본능을 다스리려고 노력할 뿐이다. 물론 이기적으로 여겨질까 봐 선물도 그냥은 못 받는다는 식으로 본심을 거스르며 인화를 추구하는 것은 가면이다. 겉으로 인화하더라도 속으로는 더한 불화를 잉태한다. 일본에서 집단 따돌림이나 자살이 많은 이유다.

그런데 왜 우리 식구와 다른 사람을 대할 때 처신이 다를까? 인류의 선조는 여러 집안이 동굴 속에서 같이 살았다. 남자가 밖에서 식량을 구해 오면 자기 식구를 찾아내 나누어 먹었다. 특히 먹거리를 찾기 어려운 겨울에는 다음 끼니를 언제 먹을지 모르니 다른 사람들과 나누지 못하고 우선 제 식구를 챙겼을 것이다. 이런 본능적인 행동은 유전자 때문이다. 인류 문화를 생명의 본질인 유전자 차원에서 해석하는 문화유전학에서는 인간을 포함한 모든 생명체는 DNA에 의해 만들어지고 작동하는 '생존 기계'로서 자기 유전자를 후세에 남기려는 이기적인 행동을 한다. 특정 유전자를 공유한 친족들만 살아남기 위해, 우선 그들끼리 음식을 챙겨 먹으니 말 그대로 식구食口인 셈이다.

그러나 유전자가 같거나 비슷하다는 개념은 더 크게 해석할 수 있다. 같은 부족은 더 큰 의미로 유전자가 유사하고, 같은 지역, 같은 나라, 같은 민족, 같은 피부색에 따라 공통인 유전자를 후손에 남기려는 본능적 공동 목표가 있다. 이를 방해하는 인자가 나타나면 "우리가 남이가?"라는 구호 아래 뭉친다. 지고의 인류애라는 아가페도 어떻게 생각하면 같은 선상에 있다. 인간의 유전자를 지구상에 유지하려는 통 큰 생각이요 행동이다. 그러나 인류라는 생명체 전체를 사랑하고 필요하다면 기꺼이 나를 희생한다는 태도는 유전자의 추동력 면에는 매우 약하니 범부는 어렵고 특출한 성자나 가능한 것이다.

인간은 정신력이 가장 발달한 생명체다. 신체적 유전자뿐만 아니라 지적, 감성적 유전자도 보존하려고 한다. 정신분석에서 말하는 무의식적 원형이 이에 해당하지 않을까? 우리가 추억하는 과거는 엄밀하게 말하면 사실 그대로가 아니라 주관적 감정과 판단이 덧씌워진 것이다. 이런 까닭에 같은 고향, 같은 학교, 같은 집단, 같은 학파 구성원 간에 공동체 의식을 느끼고 단결하는 것이다. 그러나 이렇게 만들어진 공동체 의식은 양날의 칼처럼 양면성을 가진다. 같은 식구, 집안, 고향, 학교 심지어 같은 문화권의 사람들이 배타적으로 그들만의 이익을 추구하다 보면 비리의 온상이요, 비합리의 본산이 된다. 문명화된 사회라면 더 이상 유전자적 본능이나 감성적 그림자에 원칙이 흔들려서는 안 된다. 소외된 그룹은 모든 사회현상을 배경의 차이로 해석하기 때문에 갈등이 생기고 화합이 깨진다.

해결책은 무엇일까? 우선 우리 식구를 남과 똑같이 대우하는 것이다. 객관적으로 인식하고 특별한 혜택을 주면 안 된다. 모든 사람에게 출신, 배경, 스펙에 관계없이 균등한 기회를 주고 정당한 경쟁 후 합리적으로 대우해야 한다. 이러면 저절로 사회가 건실하게 성장한다. 또 하나는 남의 식구를 우리로 인정하는 것이다. 일본 작가 시오노 나나미는 〈로마인 이야기〉에서 일개 도시국가였던 로마가 천년제국으로 도약한 원동력이 바로 이러한 지혜였다고 짚었다. 당시 도시 간의 전쟁 후에는 패전한 도시민을 노예로 삼았지만 로마는 로마 시민과 똑같이 대우했다. 이들은 다음 전쟁부터 조국인 로마를 위해서 진심으로 앞장서 싸워 급속히 영토를 넓혔으니 로마는 자랑스러운 공통의 제국이 되었다.

주변을 둘러보아 이기적인 유전자의 장난을 찾아내고 해결해서 공정하고 건전한 선진사회를 이루어야 한다. 의학자, 생물학자, 사회학자, 인류학자, 철학자가 협동연구를 하여 우리와 타인이 진정으로 하나가 되는 방안을 강구해야 한다. 이기적 유전자의 석권이 아니라 여러 유전자의 다양성을 지켜야 한다. 의료계도 팔짱을 낀 채 방관하면 안 된다. 육체와 정신으로 이루어진 사람을 가장 잘 알고 있으니 중요한 역할을 할 수 있다. 의료가 인류 발전에 기여할 또 하나의 새로운 과제가 아닐까?

헝그리 정신과
무위사상 無爲思想

프로 선수들의 수입이 관심을 끈다. 외국은 물론 국내에서도 야구와 축구 등 일부 인기 종목 선수들에게 수십억, 수백억 원을 몸값으로 지불한다. 상상조차 어려운 꿈같은 액수에 청소년은 진로를 고민하고 어른들은 허탈해 한다. 그러나 이러한 액수는 극소수 초일류급 선수가 한시적으로 얻는 수입이다. 자질이 뛰어난 선수들이 어려서부터 운동 외에 모든 것을 포기하고 꾸준히 노력한 대가이자, 치명적인 부상을 견디고 피하여 얻은 행운의 금자탑이다.

프로의 세계에서는 간발의 차이로 승리와 패배가 갈린다. 일류와 이류 선수 간 실력 차이도 생각보다 크지 않다. 기본 자질과 능력은 거의 비슷하고 자신감과 불안감 같은 정신적인 변수나 실력과 관계없는 행운이 작용하여 승패가 정해진다. 시점timing도 중요하다. 경기에서 어떤 역할이 필요한 바로 그 때, 우연히 활약한 선수가 일약 스타로 떠오른다. 모티프와 절박감을 강조하는 전문가도 있다. 굶는 상태에서 먹고 살기 위해 반드시 이겨야만 하는 '헝그리 정신'이다. 경기에서 이기지 못하면 모든 것이 없어진다는 배수진이요, 운동의 승패에 인생의 성공을 거는 절박함이다. 이런 상황에서는 정신과 육체가 한 곳에 집중되어 초자연적 힘이 솟아난다. 의학적으로 본다면 부신피질 호르몬, 성장 호르몬이 다량 분비되고, 교감신경이 최대로 긴장한다. 정신은 극도의 긴장 속에서 오히려 차분해지는데 옥시토신이 고농도로 증가하기 때문이다.

현재 미국과 일본 여자 프로 골프리그에서 맹활약 중인 S는 처음에 국내에서도 우승을 못했다. 실력은 있었지만 아버지 사업이 실패한 데다 설상가상으로 어머니는 교통사고로 세상을 떠났다. 사망 보험금으로 모든 것을 정리하니 500만원이 남더란다. 이 돈으로 그는 필리핀에서 열린 골프대회에 참가해 기적적으로 우승했다. 그 후 국내에서도 우승을 거듭하며 언론의 화제가 되었다. 강타자였던 A는 우리 고교 후배다. 실업야구 선수 생활이 거의 끝날 무렵인 1980년도 초에 프로야구가 시작되었다. 김응용 감독에게 끼워달라고 간청했으나 일언지하에 거절당했다. "너희 집은 돈이 많아서 안 돼!" 고된 프로 생활에서 성공하려면 재능이나 실력이나 체력도 중요하지만 무엇보다 헝그리 정신이 중요하다고 생각한 것이다.

이제 더 이상 밥을 굶는 선수는 없다. 오히려 지극한 뒷바라지를 받으며 운동을 한다. 학부모끼리 모임을 만들어 정보를 교환하고 조직적으로 역할을 분담하며 그야말로 물심양면으로 보조한다. 선진국에 조기유학을 보내 국제적 스타로 키우기도 한다. 방학 중에는 날씨가 좋은 해외에서 전지훈련도 한다. 한겨울에 필리핀을 방문한 길에 마닐라 근교 골프장에 가보았다. 54홀의 비교적 큰 골프장에서 150명의 우리나라 골프선수 예비생들이 머물며 훈련을 받는 게 아닌가! 한국식당, 하숙집, 골프연습장은 물론 이들을 위한 영어 학원까지 성업 중이었다. 이제 이런 지원이 없는 선수는 충분한 실력을 갖추기 어려워졌다. 더 이상 헝그리 정신을 찾아 볼 수도 없고 효과도 없는 세상이 된 것이다.

또 다른 고교 후배 B도 있다. 투수였던 그는 공의 스피드는 빠르나 제구력이 떨어져 고등학교 시절 각광받지 못했다. 특히 일 년 후배인 C에게 밀려 주로 벤치에 후보로 앉아 있어야 했다. 점차 자신감을 잃어 모처럼 등판해도 실수가 잦았다. 그러나 대학교에 진학하고 좀 더 체계적인 훈련을 받으면서 기회가 찾아왔다. 점차 감각을 되찾고 요령도 익히자 충분한 휴식으로 싱싱한 어깨가 실력을 발휘했다. 그간 마음고생을 독서로 달래온 덕에 정신적으로 성숙해졌고 승수가 쌓이면서 성취감과 자신감이 더해졌다. 마침내 그는 우리나라 프로야구를 대표하는 팀에서 강속구를 던지는 주전투수가 되었다.

나는 십 년 전 조기위암으로 위절제 수술을 받았다. 조기에 발견했으나 암이 위 천정 부위에 생겨 위 전체를 제거하고 식도와 십이지장을 연결했다. 위를 일부라도 남긴 환자보다 소화기능이 떨어지고 더 불편했다. 문제는 공복 시에도 식욕을 못 느끼는 것이다. 식욕은 위장이 비었을 때 더 생생하게 느껴지는 모양이다. 나는 아예 위 자체가 없어서 그런지 먹을 때가 되면 배고프다는 느낌보다 저혈당 증세가 먼저 나타난다. 맥박이 빨라지고 어지럽고 기운이 떨어진다. 더 이상 헝그리 정신이 생기지 않는 셈이다. 지난 십 수 년 동안 우리 의대 교수 중 6명이 암으로 위절제 수술을 받았다. 우리는 재미 삼아 무위無胃 도사 클럽을 만들었다. 특별한 활동은 없고 가끔 생각나면 서로 방문하여 회복에 도움이 되는 이야기를 나누는 정도다. 노자는 "무리해서 무엇을 하려 하지 않고, 스스로 그러한 대로 사는 것"을 무위無爲라 했다. 그렇다면 우리는 무위無爲로서 무위無胃를 서로 위로하는 셈이다.

노자는 사물의 자연스러운 본성에 따르는 삶을 이상적으로 여겼다. 〈도덕경〉에서는 "무위이무불위無爲而無不爲, 무위하되 하지 못하는 것이 없다"라고 했다. 인위적으로 거슬러 행하지 않지만, 하지 않는 듯이 하는 것이다. 후배 B가 이런 경우 아닐까? 그는 애써 시류를 거슬러 운동하지 않았다. 서둘지 않고 꾸준히 신체적, 정신적 실력을 키우다가 때가 되니 자연히 빛을 보게 된 것이다. 설령 스타가 못 되어도 운동하면서 얻은 생각과 경험은 평생 큰 자산이 되었을 것이다. 무위사상에 따라 살면 큰 돈이 들지도 않는다. 수십억, 수백억 원이 다 속 빈 위장관에서 생긴 헛된 욕망이다. 무위無胃가 되어 형그리 정신이 없어진 우리는 "무위無爲로 모든 것을 이룰 수 있다"는 말에서 인생의 진리를 더욱 깊이 깨닫고 있다.

의사 신랑과
살인 용의자

벌써 30년 전 일이지만 지금도 비슷한 일이 간혹 벌어진다. 사회 면 톱기사로 어떤 나쁜 의사에 대한 소식이 실렸다. 우리 병원 인턴 선생이 중매 결혼을 했는데 지참금이 적다고 부인을 폭행했단다. 임신 초기였던 부인은 유산이 되었다. 신부는 의사와 결혼하기 위해 열쇠 3개는 아니지만 나름대로 호화 혼수를 마련했다고 한다. 젊은 교수들은 기사를 보고 분개하기에 앞서 창피함을 금할 수가 없었다. 여기서 열쇠 3개란 자가용, 아파트, 병원 열쇠를 의미한다고 하니 혼인이 성스러운 인륜지대사가 아니라 속셈 빠른 상거래로 전락한 셈이다. 의사가 무슨 대단한 직업이라고 이렇게까지 해서 결혼하려는 처자들이 있을까? 저잣거리의 농지거리일 뿐 주위를 살펴봐도 이렇게 결혼하는 친구는 없다고 자부했는데…

우리는 의사의 품위를 손상시킨 전공의를 처벌해야 한다고 생각했다. 모두들 흥분하여 징계위원회를 열기로 얘기가 되었다. 그러나 당시 부원장인 고창순 선생님 결재를 받으러 간 행정 직원이 얼굴이 붉어져 돌아왔다. 허락을 않는다는 것이었다. 그날 저녁 고 선생님과 식사를 하며 그 인턴을 잘 아시느냐고 여쭈어 보았다. 선생님은 내 의중을 눈치채고 이렇게 얘기하셨다. "나는 그 친구가 누군지도 모르네. 그렇지만 당사자 사이의 자세한 내용을 모른 채 언론의 일방적 보도만 보고 마녀사냥 식으로 한 젊은이의 장래를 꺾어선 안 된다고 생각하네." 말씀을 듣고 그 깊은 생각에 감탄했다. 우리는 유력 일간지가 보도한 사건이라는 이유로 직접 진상을 알아볼 생각도 하지 않은 채 편견을 가졌던 것이다. 평소 열쇠 3개 이야기에 심기가 불쾌했던 참에 사건이 터지니 바로 감정적으로 대응한 것이다. 인생 경험이 풍부한 선생님은 이미 사건 발생과 해결의 중심점을 잡고 있었다.

　사건의 진상인즉 신부에게 오랫동안 사귄 남자 친구가 있었고, 결혼 후에도 그 남자 때문에 부부싸움을 자주 한 것이 전부였다. 장모가 주장한 폭행과 임신과 유산은 모두 확인되지 않았다. 언론계 인사와 친분이 있는 장모가 과장된 내용을 신문사에 제공했고 언론은 선정적인 보도를 한 것이었다. 친정 어머니가 의사 사위를 얻을 욕심으로 딸의 의견을 무시하고 무리하게 강행한 결혼의 말로였다. 병아리 의사는 그 후 훌륭한 외과의사가 되어 지금 중견교수로 맹활약하고 있다. 물론 첫 번째 아내와는 헤어지고 재혼하여 행복한 가정을 꾸렸다. 본인은 모르겠지만 고 선생님의 심려가 좋은 결과를 낳은 것이다.

1957년도 미국 영화 〈12명의 성난 사람들12 Angry Men〉에도 비슷한 이야기가 나온다. 이 영화는 뉴욕에서 일어난 살인사건을 다룬 명작 법정 드라마다. 스페인계로 상습범인 18세 소년이 친아버지를 잔인하게 살인한 혐의로 재판을 받는다. 충격으로 미국 사회가 온통 떠들썩했다. 12명의 배심원 중 현장을 목격했다는 여인의 증언에 따라 주인공을 제외한 11명이 사형이 명백한 유죄 평결 의견을 낸다. 무죄일 수도 있다고 생각한 주인공은 객관적 증거를 하나하나 검토하면서 아들이 범인이 아니라고 확신한다. 사실과 증언을 두고 격렬한 토론을 하면서 다른 배심원들도 주위 분위기와 편견, 분노 등 주관적 감정에 휩싸여 소년을 부당하게 의심했던 것을 깨닫고 결국 무죄 평결을 내리게 된다.

내 친구 중 하나는 이 영화에 감명을 받아 법대에 가기도 했다. 그는 나중에 마음이 따뜻한 판사가 되어 피의자를 존중하고 이해하며 진실을 찾아 공정한 판결을 내리려고 노력했다. 가정재판소 소장으로 있을 때는 가족 간의 관계 회복을 돕는 방향을 적극적으로 추구했다. 지금은 약하고 가난한 사람을 위해 법률 상담을 하면서 자발적으로 재소자 교육에도 나선다. 재소자들에게 시험 삼아 인문학 강좌를 해 보았더니 굉장한 호응이 있고 교화 효과도 컸다고 한다. 그 후에는 더욱 수감자의 인격을 존중하게 되었단다.

두 가지 이야기를 통해 인간에 대한 믿음과 존중이 얼마나 중요한지 알 수 있다. 인간의 본성은 착한 것이라는 성선설性善說도 같은 맥락이다. 어떤 사람이라도 소중하게 대접받고 인정과 존경을 받으면 거기에 맞게 생각하고 행동하기 마련이다. "부처님 눈에는 모두가 부처로 보인다"고 하지 않던가! 사랑은 존중에서 시작한다. 그 사람의 가치를 인정하고 커지도록 해주는 것이 사랑이다. 나와 다르고 우리와 다르다는 편견을 갖지 말고, 개개인의 존재가 소중함을 인식하자. 진정한 사랑은 진리와 정의라는 두 주춧돌 위에서만 높이 쌓을 수 있다. 인턴 장모의 경우처럼 진실하지 않은 사랑은 무너지기 마련이다.

의상 대사의
숨겨진 사랑

30대 중반의 신라 스님이 당나라로 공부하러 갔다. 지엄 대사 밑에서 10년간 열심히 정진하고 많은 경전을 얻은 후 산동 반도에서 배를 타고 신라로 떠났다. 그때 한 여인이 스님에게 주려고 법복을 만들어 항구에 도착했으나 배는 이미 출발한 뒤였다. 낙담한 여인은 망연자실하여 뱃길을 쳐다보다가 바다에 몸을 던지고 말았다.

여러분은 이 사건을 어떻게 생각합니까? 지금으로부터 1,400여 년 전의 일이지만 요즘도 간혹 볼 수 있는 종교인을 짝사랑한 여인의 애절한 이야기입니다. 스님의 앞날에 나쁜 영향을 끼칠 스캔들입니다. 아마 교단의 조사를 받아야 할 겁니다. 당나라에 유학간 스님이 무슨 연유인지 한 여인을 만났고 그녀는 10년을 기다렸습니다. 단호하게 거절했으면 보통 여자가 그 오랜 기간 스님만 생각했을까요? 단지 떠나는 임을 못 만나고 의복을 주지 못한 사정이 생명을 버릴 만큼 절망적인 것일까요? 아마 스님 쪽에서 약간의 암시를 주었을 겁니다. 여인은 법복을 핑계 삼아 스님을 항구에서 만나 신라로 쫓아가려는 속셈은 아니었을까요? 그러나 어떻게 보면 종교의 벽에 가로막힌 남녀의 애틋하고 아름다운 순애보 같기도 합니다.

이 사건의 결과는 이렇습니다. 우선 여인은 바다의 용이 되어 스님을 안전하게 신라로 돌아오게 했답니다! 나중에 스님이 영주 산골에 절을 세우는데 산 도적 수백 명이 방해를 했습니다. 그때도 용이 된 그녀가 큰 바위를 들고 하늘에서 시위를 하자 모두 놀라 달아나 그 자리에 큰 가람을 짓게 되었답니다! 절 이름을 부석사浮石寺라 하고 그녀의 공을 기려 절 안에 사당祠堂을 지은 후 본전 부처님 상 밑에 물이 흐르는 땅을 골라 석룡石龍을 만들어 묻었습니다. 그 스님이 의상 대사요, 여인은 선묘 낭자입니다. 스캔들은 오히려 아름다운 전설로 탈바꿈했습니다. 불쌍한 여인은 우리나라 불교 전파에 혁혁한 공을 쌓은 해룡으로 신격화되었습니다. 사당인 선묘각을 짓고 부처님 밑에 그녀를 상징하는 석룡을 모신 것은 전례를 찾기 어려운 파격입니다. 이렇게 선묘를 신격화하면 자연히 의상 대사의 위상도 올라가겠지요.

의상 스님은 지극히 현실주의자였던 것 같습니다. 형님으로 모신 원효와 함께 당나라로 유학길을 떠났습니다. 도중에 유명한 '동굴의 해골바가지' 사건으로 원효는 깨달음을 얻어 신라로 되돌아갔으나 의상은 중단하지 않습니다. 원효와 의상에게 당나라 유학은 선진 불교를 배우는 것 외에도 나름의 목적이 있었을 겁니다. 원효에게 그 길은 깨달음을 얻기 위한 구도의 길이었습니다. 하지만 의상에게는 조금 심하게 말하자면 해외유학을 통해 스펙을 쌓기 위한 길이었을지도 모릅니다. 당시 신라는 삼국통일 후 사상적 통합을 위해 새로운 종교이론이 필요했고 의상은 이에 부응하여 개인과 사회의 조화를 강조하는 화엄 사상을 들여왔습니다. 영정으로 본 의상 대사는 당당한 체구에 이목구비가 반듯한 미남입니다. 그가 당나라에 도착하여 여독으로 병에 걸렸을 때 기거한 양주 성주城主의 딸이 선묘 낭자입니다. 선묘는 의상에게 반하여 고백까지 했으나 의상은 받아들이지 않고 사제지간으로 관계를 정리했습니다. 선묘는 가끔 공부하는 의상을 찾아왔다고 전합니다. 그리고 그가 떠나자 자살을 한 것입니다.

그럼 누가 선묘의 신격화를 주도했을까요? 아마도 의상 대사의 암묵적인 지시하에 제자들이 주동했을 것입니다. 의상은 귀국 후에 많은 사찰을 짓고 삼천 명의 제자를 양성하여 국가적 종교 지도자가 됩니다. 속으로는 자기를 사랑했던 선묘 낭자에게 애틋한 정과 자살에 대한 죄책감도 느꼈을 것입니다. 그래서 적극적으로 그녀를 전설로 재탄생시켰고, 낙산사 대웅전에 벽화로 그려 영원히 남겨두기도 했습니다.

선묘는 왜 의상 대사를 만나지 못했을까요? 당시 산동 반도에는 신라인이 많이 살아 신라방까지 있었고 고국과 정기 선박편으로 왕래했으니 일반적인 상황이라면 놓치지 않았을 겁니다. 혹시 의상이 선묘를 떼어놓으려고 예정보다 일찍 가버린 것은 아닐까요? 의상으로서는 억울한 추측일지도 모릅니다. 통일 신라를 침공하려는 당나라 고종의 의중을 문무왕에게 알려주려고 급히 귀국했다는 주장도 있습니다.

당시에도 사람들은 이 황당한 이야기를 믿지 않았을 겁니다. 화엄 사상을 소개하고 발전시켜 공로가 큰 대사님의 일이니 모르는 척했겠지요. 진실한 삶을 추구하려 애쓰던 두 남녀의 안타까운 사연에서 연민도 느꼈을 겁니다. 다시 말해 민심이 합의하고 묵인하여 신격화된 것이지요. 하여튼 의상은 국가의 스승이 되었고 결과적으로 선묘 사건은 대사의 불성佛性을 드높이는 좋은 소재가 되었습니다.

 의상이 중국에서 전수받은 화엄종은 우리 불교의 주류가 되었습니다. 기본 개념 중 하나가 "세상의 모든 형상은 하늘도 신도 아닌 오직 사람의 마음으로 이루어진다"는 것입니다. 선묘 낭자와 의상 대사의 사연은 두 사람이 처한 특수한 상황에서 이루어졌습니다. 영원한 진리를 향한 구도자와 진실한 사랑을 간직한 여인, 두 마음의 상호작용과 반작용의 결과입니다. 추문이 될 뻔한 사건을 애틋하고 아름다운 전설로 바꾼 것도 오직 사람의 마음으로 이루어졌습니다. 1,400년이 흘러도 여전히 사람 마음의 작용은 미묘하기만 합니다.

3

생활 속에서

바위고개, 극락정사
그리고 할아버지

내가 불교를 처음 접한 것은 초등학교 5학년 무렵, 할아버지께서 돌아가셨을 때다. 상도동에 있는 조그만 절에서 49제를 지냈다. 생전에 할아버지, 할머니는 첫 손녀인 누나와 장손인 나를 아주 예뻐하셔서 주말이면 상도동 할아버지 댁까지 다녀오곤 했다. 우리 집이 있던 영등포에서 전차를 타고 노량진에서 내리면 걸어서 큰 언덕 두 개를 넘어야 했다. 올라가다 힘이 들면 쉬면서 학교에서 배운 〈바위고개〉 노래를 누나와 함께 화음에 맞추어 불렀다. 한번은 운 좋게도 고갯길로 퇴근하는 할아버지 회사 지프차를 만나 쉽게 언덕을 넘었던 기억도 있다. 부자셨던 할아버지는 다락을 우리 장난감으로 가득 채우고 식탁에는 당시 희귀했던 바나나까지 준비해 둔 채 우리를 기다리셨다. 유명한 외국영화가 상영되면 우리와 함께 관람했고, 얼어붙은 덕수궁 연못에서 미국에서 온 아이스 쇼 공연이 열렸을 때는 할아버지 무릎에 앉아 구경하기도 했다. 겨울에 방에만 머물러있는 손자의 건강을 걱정하여 백화점에서 값비싼 스케이트도 사주셨다.

우리가 멈추어 쉬곤 했던 둘째 고개 중간에 '극락정사'라는 작은 절이 있었다. 평소에는 관심 없이 지나쳤으나 할아버지가 돌아가시고 제사를 올리기 위해 수시로 다니게 되었다. 어린 내게는 사찰의 낯선 풍경이 불편하고 두려웠다. 황금색 부처님, 까까머리에 무채색 옷을 입은 스님, 색바랜 병풍과 얼룩진 멍석, 목탁 소리 따라 수없이 이어지는 절, 채소 반찬만 나오는 식사…. 그 후 대학에 갈 때까지 불교는 관심 밖이었다. 그러나 대학 생활에 익숙해지고 마음의 여유가 생기자 종교에 관심이 가기 시작했다. 나이로 보아 당연한 일이었다. 불교 경전과 신약성서, 심지어 코란까지 들춰보았다. 가장 친근감을 느낀 것은 불교였다. 독선적인 교리보다 철학에 가까운 사상 때문이리라. 당시 현암사에서 일본 학자와 스님이 쓴 불교 서적을 연속 발간했다. 여기 재미를 붙여 시간 날 때마다 도서관에서 밤 늦게까지 탐독했다. 그러나 부처님이 깨달았다는 연기론이나 경전의 내용이 너무 원리적이어서 마음에 와 닿지 않았다.

불교를 마음으로 받아들이게 된 것은 30대 후반의 일이다. 당시 국제원자력기구IAEA 핵의학 담당관이 스리랑카 사람인 피아세나 박사였다. 한번은 불교에 해박한 그 분께 연기론과 업에 대해 여쭤보았다. 그는 나름대로 이해한 내용을 들려주었다. 지금 우리가 이야기를 나누는 이 사선은 과거의 수많은 원인에 의해 생긴 결과라는 것이다. 내가 의사가 된 인연, 핵의학을 전공하게 된 인연, 그가 IAEA에 근무하게 된 인연 등 과거의 여러 원인들이 얽혀 이 순간이 이루어졌고, 지금의 대화나 행동이 또한 미래의 수많은 결과를 만든다는 것이었다. 그 설명은 아주 합리적이고 설득력이 있었다. 새로 맞춘 안경을 쓰고 세상을 다시 보는 것 같았다.

업業이란 자기 삶의 테두리다. 즉 과거의 인연에 따라 어떤 윤곽을 가지고 태어난다는 것이다. 부모님의 유전자를 이어받아 일정한 신체적, 정신적 조건을 갖게 되고 부모님 삶의 결과로 이루어진 신분, 재력 등을 이어받는다. 그러나 이 또한 고정된 것이 아니라 현재의 처신에 따라 미래와 자식의 업보가 끝없이 변한다. 그 후 업과 연기론은 나의 모든 생각과 행동에 깊은 영향을 주었다. 세상사가 생기고, 나타나고, 작동하고, 없어지는 원리를 깨닫게 된 셈이다. 지금 나의 생각과 행동에 따라 미래의 결과(사건)가 결정된다. 현재를 선한 의지로 열심히 생활하면 앞으로의 인연과

업, 다시 말해 미래의 삶은 좀 더 좋은 방향으로 바뀔 것이다. 인연과 업은 수동적이고 운명적인 것이 아니라 능동적으로 자기가 선택하여 만드는 것이다.

할아버지가 지은 인연과 업이 지금의 나를 만들었다. 농사꾼이던 할아버지가 서울로 올라와 고학으로 공부를 하고 공기업에 들어가 고위직까지 출세를 해서 자손들이 화이트 칼라가 되었다. 나의 '업'을 업그레이드시킨 것이다. 내가 문화, 예술, 체육을 좋아하고 불교에 관심을 가지는 데도 영향을 미친 셈이다.

처음에 낯설고 두려웠던 사찰의 풍경이 60대가 된 지금은 익숙하고 정겹다. 부처님의 눈길은 인자하시고, 목탁 소리는 마음을 가라앉히고, 절의 밥과 나물은 입맛을 돋운다. 기억 속에 남은 극락정사와 상도동 언덕은 아깝게도 52세에 돌아가신 할아버지를 추모하는 공간이다. 고개를 넘어 할아버지 댁에 찾아가고, 고개 위에서 할아버지를 만나고, 고개에 있는 극락정사에서 할아버지와 이별했다. 지금도 〈바위고개〉 노래를 들으면 할아버지에 대한 그리움과 함께 애잔한 추억들이 하나하나 떠올라 여름 밤의 은하수처럼 반짝이며 마음 속으로 쏟아진다.

바위고개 언덕을 혼자 넘자니
옛 님이 그리워 눈물 납니다
고개 위에 숨어서 기다리던 님
그리워 그리워 눈물 납니다

바위고개 피인 꽃 진달래꽃은
우리 님이 즐겨 즐겨 꺾어주던 꽃
님은 가고 없어도 잘도 피었네
님은 가고 없어도 잘도 피었네

땅콩의 미시사微視史

헬스클럽에서 신장을 재어보니 169cm이다. 요즘 젊은이들은 작은 키라고 생각하겠지만 나는 감회가 깊다. 우리 집안 남자들이 모두 작았기 때문이다. 할아버지와 아버지 모두 160cm 정도였다. 할아버지가 15세에 동갑인 할머니와 결혼하여 이듬해 아버지를 낳으셨다. 미처 다 자라지도 않은 어린 부부가 처음 낳은 아이라 더욱 작았다고 했다. 우리 어머니가 시집을 왔는데 시아버지가 38세로 젊어 남편과 구별이 안 되더라고.... 지금 같으면 노총각 나이에 시아버지, 할아버지가 되신 것이다.

당시에는 4월 초에 초등학교에 입학했는데 나는 3월생이라 가장 어린 신입생이었다. 적은 나이에 비해서도 발육이 늦었던 데다 편식이 심했다. 주로 야채만 먹다 가끔 소고기에 손을 댈 뿐 닭고기,

돼지고기, 생선은 쳐다보지도 않았다. 오죽하면 할아버지가 편식을 없앤다는 한약을 지어다 먹였다고 한다.

담임선생님이 땅에 붙어 다니는 아이 같다고 지어준 별명이 땅콩이었다. 체구는 땅콩이었으나 어머니의 치맛바람으로 공부는 제법 하여 6학년이 되지 중학교 입시 준비에 열을 올렸다. 160점 만점의 입학 시험에 체력장이 4점이나 되었다. 달리기, 턱걸이, 멀리뛰기, 던지기를 각각 1점 만점으로 하여 성취도에 따라 배점을 했다. 어린이들이 입시 공부만 하지 말고 운동도 하여 건강을 지키자는 의도였지만 작은 땅콩인 나에게는 아주 불리하여 절반을 겨우 넘는 점수를 받았다. 예나 지금이나 입시는 능력이 비슷한 아이들끼리의 경쟁이라 체력장에서 뒤진 점수를 필기시험으로 만회하기란 쉽지 않았다. 핑계지만 이 때문에 일차 시험에서 낙방을 했다. 체육 관련 중학교가 아닌데도 결국 지적 능력보다 체력이 좋은 학생을 뽑는 제도가 아닌가? 나보다 더 억울한 친구도 있었다. 시험을 앞두고 팔이 부러져 체력장 점수를 거의 못 받게 되자 부득이 학교를 낮추어 진학한 것이다. 후진국형의 획일적인 입시 제도였다. 나는 체력장 중에서 턱걸이가 제일 힘들었다. 여섯 번을 해야 만점인데 처음에는 그저 철봉에 매달려 있기만 했다. 꾸준히 연습하여 네 번까지는 성공했으나 더 이상은 불가능해 보였다. 입시 전날 밤 온 가족의 응원 속에 안방 문간의 들보에 매달린 나는 초인적인 힘을 발휘해 드디어 여섯 번을 기록했다. 자신을 얻어 실제 시험에서도 만점을 받았다. 의지력의 중요성을 처음 경험한 때가 아닌가 한다.

중학교에 가니 출석번호도, 책상 배치도 키 순서였다. 반에서 3번이었다. 60명 중 3번째로 작았던 것이다. 2학년 때는 2번이 되었다. 심지어 여름방학 동안 1번이었던 친구가 훌쩍 커져 실질적으로 1번을 한 적도 있다. 비슷한 처지의 친구 한 명은 키가 커지기 위해서 여름방학 내내 농구장에서 뛰어다녔다. 소원대로 점차 꺽다리로 변해서 작은 땅콩이 운명이라고 생각하던 나에게 자극을 주었다. 그는 몇 년 전에 장관까지 했는데, 단신을 이겨냈던 굳건한 의지가 출세에도 한 몫 했을 것이다.

식량이 부족한 시절이었다. 1961년 군사혁명으로 박정희 대통령이 정권을 잡고 얼마 안 된 해였다. 정부에서 쌀 수확량을 조사해 보니 기록적인 풍년이 들었다. 사실은 평년작이었으나 모두들 군출신 대통령이 두려워 조금씩 보태어 보고한 탓이었다. 수출을 독려하던 정부는 계산상 남은 쌀을 일본에 팔았는데 이듬해 봄이 지나자 전국의 쌀 재고가 바닥이 났다. 그제야 사태를 파악한 정부는 외국에서 밀가루를 다량 수입하고 일부는 원조받아 국민들에게 무료로 나누어주었다. 동네 반장이었던 어머니는 집집마다 공평하게 밀가루를 배급하느라 골치를 앓았다. 사람들은 여름 내내 칼국수와 수제비로 배를 채웠다. 긴 겨울방학 중 점심은 으레 먹고 남은 밥에 물을 넣고 누룽지로 끓여 온 가족이 둘러 앉아 김치와 함께 먹었다. 중산층이던 우리 집도 김밥은 소풍이나 가야 먹는 음식이었고 점심 도시락에 계란이 들어가면 최상품이었다. 어린이들은 하나같이 입 가장자리가 갈라졌고 어른들은 그냥 입이 커진다고 했다. 비타민 결핍증이었다. 당시 비타민은 활력을 주고 건강을 지키고 병을 예방하는 만병통치약으로 여겨졌다. 제법 번듯한 제약회사들은 신문, 라디오, TV 광고에서 비타민이 키를 크게 한다고도 선전했다.

나는 땅콩을 벗어나려고 고기를 챙겨 먹고, 운동을 하고, 종합 비타민도 복용했다. 수시로 마루 기둥에 키를 표시하여 측정하고 기록했다. 중학교를 졸업한 15세 겨울에 드디어 150cm를 넘었다. 기대에 가득 차 고등학교로 진학했으나 여전히 3번이었다. 남자 아이들 사이에서는 많은 것이 힘으로 결정되기에 키 작은 우리는 일종의 열등감을 갖고 있었다. 한번은 키가 비슷한 친구가 어른이 되면 키 큰 여자와 결혼하겠다고 선언했다. 어수룩한 내가 이유를 묻자 대답이 엉뚱했다. "공도 큰 공이 잘 튀지 않느냐?" 하여튼 여기서 암시를 받은 나는 중학 시절 거꾸로 장신이어서 고민했다던 아내를 만나 결혼했다. 내 키는 늦게까지 조금씩 자라 고등학교 2학년 때 8번이 되었다. 내친 김에 3학년이 된 첫날 뒷굽이 높은 워커 군화를 신고 등교했다. 출석번호를 정하느라 운동장에 키 순서로 줄을 설 때 눈을 질끈 감고 무조건 중간에 섰다. 선생님이 뒤통수를 치면서 앞으로 보냈지만 몇 발자국만 움직여 드디어 13번이 되었다. 처음 두 자리 수를 달성한 쾌거였다. 집안 식구 모두 크게 기뻐했다. 대학에서도 키는 조금씩 자라 마침내 평균 신장에 이르렀다. 내가 입학 당시 서울대학교 신입생의 평균 키가 168cm였으니 땅콩에서 벗어난 셈이다.

나는 왜 이토록 큰 키에 연연하는가? 원시시대부터 남자의 체격은 능력과 집단 내 위치를 나타냈다. 수렵과 채취로 먹을 것을 구하여 식구를 챙기려면 크고 힘센 몸이 유리했기 때문이다. 큰 남자는 우두머리가 되고, 그와 짝이 되면 자식도 우수한 형질을 이어 받을 테니 여성에게 인기가 있었다. 그러나 큰 몸집은 선천적으로 만들어지는 것이어서 우연히 큰 키로 태어난 남자는 세상 일을 쉽게 생각하고 내실이 없는 경우도 있다. '키 큰 사람은 싱겁다'는 소리를 듣는 이유다. 단신으로 태어난 사람은 열등한 조건을 극복하려고 실력을 키우고 노력해 '작은 고추가 맵다'가 된다.

현대는 상황이 많이 달라져 큰 체격이 반드시 유리하지는 않다. 먹거리를 직접 찾지 않아도 다양한 능력으로 식구를 챙길 수 있기 때문이다. 강인한 체력보다 높은 지혜와 깊은 지식이 더 중요해졌다. 남자도 무뚝뚝함보다는 상냥함과 이해력이 필요하다. 사람 간의 내화와 소통이 모두에게 절실해졌다. 이제는 높은 지능과 감성, 소통의 능력이 바람직한 형질로 인정받는다. 몸이 작은 남자라도 이런 능력이 있으면 살아 가는 데 유리하고 인기 있는 배우자가 되는 것이다.

생각이 여기까지 미치자 아직도 '땅콩 콤플렉스'에 시달리는 나는 다소 자신감을 찾았다. 퇴근 후 아내에게 나의 작은 깨달음을 당당하게 이야기했더니 항간에 이런 말이 돈다고 한다. "요즘은 키만 크면 나머지는 성형외과에서 모두 해결해 미남미녀를 만들어 주는데, 작은 키 자체는 어쩔 수 없다." 아, 참! 우리나라의 장신 선호는 사회생물학적 이유보다도 맹목적인 외모지상주의 때문이었지.

동심초 노랫말에
맺힌 사연

나는 얼굴이 못생긴 편에다 키도 작고 몸집도 왜소해 남자로서 매력이 적어 젊어서부터 여자에게 관심을 받은 적이 없다. 일방적으로 여성을 생각하고 좋아하기도 했으나 상대방은 내가 그런 생각을 하는지도 몰랐다. 처음에 일이 되는 듯 하다가도 자신이 없어 조금 접근하다가 겁을 먹고 물러서기 일쑤여서 청춘의 많은 시간을 실연(?)의 아픔으로 보냈다. 그런데 지금 생각해 보니 내게 호감을 가진 여인도 있었던 것 같다. 우둔하고 눈치가 없어 그 때는 정확히 깨닫지 못했을 뿐이다.

의대 본과 3학년 때 친구 따라 의료봉사 동아리에 가입했다. 살벌한 기초의학 과정을 통과해 정신적 여유가 생긴 학생들이 봉사도 하지만 미래의 배우자도 탐색할 겸 친목을 도모하는 모임이었다.

여기서 우연히 초등학교 동창을 세 명이나 만났다. 두 명은 여학생이었으나 옛날 기억이 없어 낯설었다. 우리 집은 학교와 멀어 방과후에 학우들과 접촉이 없었기 때문이다. 같은 여학교에 다니는 두 동창생이 학교 축제에서 합창을 한다고 우리 남자 둘을 초대했다. 동창생 A는 김성태 선생의 곡인 〈동심초〉를 독창으로도 불렀다. 애인과 헤어져 못 만나는 안타까운 심정을 기대보다 훨씬 잘 표현했다. 중고등학교 때 전문적으로 성악 지도를 받았다고 했다.

이 가곡의 가사는 당나라 여류시인 설도薛濤가 쓴 〈춘망사春望詞〉 세 번째 절을 김억 시인이 번역한 것이다. 특이하게도 작곡가는 한시漢詩의 같은 부분을 다르게 해석한 두 편의 번역시를 〈동심초〉의 1, 2절로 삼았다. 둘 다 워낙 좋아서 버리지 못했다고 전해진다.

꽃잎은 하염없이 바람에 지고
만날 날은 아득타 기약이 없네
무어라 맘과 맘은 맺지 못하고
한갓되이 풀잎만 맺으려는고
한갓되이 풀잎만 맺으려는고

바람에 꽃이 지니 세월 덧없어

만날 길은 뜬구름 기약이 없네
무어라 맘과 맘은 맺지 못하고
한갓되이 풀잎만 맺으려는고
한갓되이 풀잎만 맺으려는고

그 해 여름방학이 되었다. 동아리에서 강원도 평창으로 무의촌 의료봉사를 가게 되었다. A도 참여했으나 나는 산골 마을에 고정 배치되어 그녀와 만나지 못했다. 봉사를 끝내는 날 오랜만에 만나니 아주 반가웠다. 서울로 돌아오는 기차 안에서 A는 〈동심초〉를 노래하는 방법을 가르쳐 주었다. 가사 내용에서 느끼는 감정에 맞추어 음색과 톤을 바꾸어야 한단다. '꽃이 바람에 질' 때는 쓸쓸하게, '만날 기약을' 노래할 때는 간절하게, '마음끼리 맺지 못할' 때는 안타깝게, 후렴은 관조적 서정적으로....

가을에 열린 기숙사 파티에 A가 파트너가 없다고 해서 내가 참석했다. 그 후 우리는 둘이서, 또는 넷이서 대학로 학림다방에서 가끔 만났다. 성악이 가장 쉽게 마음에 닿고, 연주곡 중에서 피아노 곡이 점점 좋아진다는 등 화제는 주로 클래식 음악이었다. 집안이 독실한 침례교인으로 모태신앙을 가진 A는 믿음이 깊었다. 나는 불교에 기울어 있었지만 종교 이야기도 재미있게 나누었다.

밝으면서도 다소곳한 그녀를 대할 때는 마음이 편했지만 친구 이상의 감정이 들기도 하였다.

본과 4학년 여름방학 때 이화여대 강당에서 뮤지컬 〈지저스 크라이스트 슈퍼스타Jesus Christ Superstar〉가 인기리에 공연되었다. 그녀가 학생 수순에는 비싼 티켓을 구입해 나를 초청했다. 뮤지컬의 황제라는 앤드류 로이드 웨버Andrew Webber가 작곡한 록 뮤지컬로 젊은이 취향에 맞는 흥겨운 공연이었다. 즐겁게 관람한 후 자연스럽게 둘이서 학교 뒤 숲 속 오솔길을 산책했다. 밤하늘에는 보름달이 훤하고, 더위가 잦아들어 시원한 바람이 불어왔다. 호젓한 길은 나무와 풀 내음 가득하고, 그녀의 목소리는 윤기가 있었다. 낭만적이라고 할까, 뭐라 표현하기 어려운 미묘한 분위기가 느껴졌다. 무언가 행동으로 옮겨야 하지 않나 생각했지만 용기가 없어 결정을 못하다 그만 정류장까지 내려왔다. 뜻밖에 빨리 온 버스에 그녀가 오르고, 나는 그녀를 배웅했다. 그 후 연락이 끊겼다.

졸업 후 대학병원 전공의로 바쁜 중에, A가 가족과 함께 뉴질랜드로 이민 간다는 소식을 다른 여자 동창이 알려왔다. 시간이 없어 환송 자리에도 못 가고 한국 대표 가곡이 녹음된 카세트 테이프만 전달했다. 물론 〈동심초〉도 수록되어 있었다.

시인 김소월의 스승이기도 한 김억 선생이 감흥에 젖어, 우리말로 두 번 다르게 번역한 한시 원문은 이렇다.

風花日將老(풍화일장로)

佳期猶渺渺(가기유묘묘)

不結同心人(불결동심인)

空結同心草(공결동심초)

결정을 못하고 주저하다가 A를 떠나 보낸 나는 하나를 버리지 않고 두 편의 번역을 모두 가사로 취한 시인과 작곡가의 지혜에 탄복한다. 그녀와 나를 연결해주었던 〈동심초〉 노랫말은 우연히도 '맺지 못하는' 인연을 예견한 것이었다.

반갑고
고마운 재회

의과대학 동기의 아들이 명동성당에서 결혼식을 올려 우리 부부가 함께 참석했다. 젊은 시절 우리의 놀이터나 다름없던 명동이건만 십여 년 만에 아주 낯설 정도로 변해 있었다. 화장품이나 명품을 파는 화려한 상가가 즐비한 거리는 일본인, 중국인, 아시아인, 서양인으로 가득했다.

　식장 로비에서 미모의 단정한 중년부인이 다가와 "내가 누군지 아시겠느냐?"했다. 얼굴 윤곽, 특히 입술 주위가 눈에 익어 틀림없이 아는 사람이건만 누군지 떠오르지 않았다. 머뭇거리며 기억을 더듬는데 16년 전에 작고한 동기생 M의 아내라는 것이었다! 그제야 생각이 나 반가운 마음에 서로 얼싸안았다.

　M은 의대 4년간 도서관에서 같이 공부한 친구였다. 그는 본과

1, 2학년때 '도서반원'이 되어 책을 정리하고 공부하다 한밤중에 도서관 문을 닫았다. 매일 늦게까지 같이 지내니 자연스럽게 친해져 미국의사시험ECFMG도 한 팀이 되어 준비했다. 소위 '도서관파派'인 우리는 수련의 때도 가까이 지내고, 각자 결혼 후에는 부인끼리도 친해져 부부모임을 자주 가졌다. 그는 당당한 체구와 반듯한 성격에 내유외강 타입이었다. 공부만 하는 외골수는 아니어서 친구들과 곧잘 카드놀이를 즐겼다. 이 친구들의 특이한 점은 카드놀이 후에 서로 자기가 돈을 땄으니 술과 안주를 사겠다고 우겼다는 것이다. 본디 노름판에서는 모두가 돈을 잃었다고 엄살을 떠는데 이들은 서로 아끼고 마음이 넉넉한 친우들이었던 것이다. M은 얼굴도 준수하여 여자친구 집에 인사 갔을 때 그 댁 어머니가 반하여 신랑 신부가 대학교를 졸업하기도 전에 서둘러 결혼을 시켰다.

외과를 전공한 그는 K대학 교수가 되었고 병원에서도 신망이 두터웠다. 경기고 시절부터 취미로 아이스하키를 즐겼던 그는 매일 병원까지 조깅으로 출퇴근을 했다. 오죽하면 병원을 대표하는 건강의 심볼이라고 했을까? 허리 통증으로 검사했더니 척추에 전이된 폐암이 발견됐다는 소식에 모든 사람이 충격을 받은 것도 당연한 일이었다. 폐암은 암 중에도 가장 악성인데....

그는 항암제 치료를 받는 중에도 아무런 내색을 하지 않았고 죽

음 앞에서도 의연했다. 괴롭거나 힘들다는 표현을 하지 않아 부인
은 좋아졌다고 착각할 정도였다. 결국 일 년간의 투병 끝에 47세
의 아까운 나이로 동기 중 가장 먼저 세상을 떠났다. 부인과 두 딸
을 남긴 채.... 가깝게 지냈던 친구들은 일 주기 때 성금을 모아 유
가족에게 전해 주고는 더 이상 연락을 하지 못했다. 그 뒤로 부인
은 작은 여행사를 운영하면서 두 딸을 남부럽지 않게 키웠다. 아
버지의 뛰어났던 삶을 딸들에게 강조하여 자긍심을 키웠다. 의료
계에서 옛 친구들의 활약상을 들으면 마치 아빠의 일인 것처럼 자
식들과 같이 기뻐하며 힘을 얻었다고 했다. 정작 당사자인 우리들
은 이 사실을 알지 못하고! 두 딸은 훌륭하게 자라 큰 아이는 판사
가 되었고, 둘째는 현재 미국에서 조교수로 교육학을 전공한다.
아빠가 없어도 성공을 해야 돌아가신 분에게 누를 끼치지 않는 것
이라고 서로 독려하며 치열하게 살았단다.

이제는 모두 출가해 큰 딸의 결혼식에는 우리도 참가했지만, 둘
째 때는 미안해서 연락하지 않았다고 했다. 그러나 자식에게 아버
지의 존재를 가르쳐주기 위해 아빠의 고등학교, 대학교 동문회와
교수로 재직했던 K대학에 부탁해서 화환을 받아 식장을 장식했
다. 지금은 부인도 좋은 남자와 재혼하여 잘 살고 있다.

부인은 오랜만에 M의 동기생들을 만나기 위해 일부러 결혼식에

찾아왔다. 우리는 반가운 마음에 혼인 미사 참석은 생략하고 피로연 식당에서 시간가는 줄 모르고 이야기를 나누었다. 그녀는 "친구들을 보니 마치 M을 다시 만난 것처럼 애틋한 마음이 든다"고 했다. 지난 16년간의 힘들고 외로웠던 생활과 아이들을 키우며 겪은 난관과 노력을 하소연하고 성과를 자랑하고 싶어 했다. 우리는 진심으로 공감하며 마음껏 치하했다. 한편 친구들의 근황과 업적을 훤하게 꿰는 부인을 보며 무심했던 태도를 반성하기도 했다. 헤어지면서 그녀와 우리는 서로 참 반갑고 고맙다고 인사를 나누었다. 또 그간의 적조를 다투듯 먼저 미안해했다. 마치 학생시절에 카드 놀이 후 서로 돈을 땄다고 우겼던 때처럼....

M의 아내와 재회하고 보니 그에 대한 애환哀歡의 기억이 정리되고 감정의 응어리가 해소되는 것 같았다. 그 짧은 만남이 부인에게도 크나큰 상처가 치유되고 아픔이 사랑으로 승화되는 데 작은 도움이 되기를 소망한다. 성당에서 돌아오는 길 뒷골목에는 명동 칼국수집, 교자집, 순두부집 같은 누추한 식당들이 옛 추억을 머금은 채 숨어 있었다. 명동길이 다시 정겹게 느껴졌다.

스미스 상사와
스미스 회장

한국전쟁의 혼란 중에 부모와 헤어져 10살에 전쟁고아가 된 소년
이 있었다. 미군부대에서 잡일을 시작하여 소위 '슈샤인 보이'가
되었다. 당시 구두닦이 아이들은 미군과 같이 생활하며 병영 주위
를 청소하고 잔심부름을 했다.

해병대의 스미스 상사가 이 아이를 특히 귀여워했다. 그는 고등
학교를 중퇴하고 해병대에 들어가 일곱 번이나 전투를 치른 역전
의 용사였다. 태평양전쟁 때는 일본군이 주둔한 섬에 대원 20명과
함께 특공대로 들어가 혼자 살아남기도 했다. 사회생활을 못 해
보고 일찍부터 군에 들어가 일생을 보낸 상사는 상소리 없이는 한
마디도 못 하는 전형적인 야전군인이었다. 그러나 무슨 천기天氣를
보았던지 이 거친 사내는 부인의 반대에도 불구하고 구두닦이 소

년을 아들로 입양했다.

우리나라에서 받은 교육이라고는 야학 공부가 전부였던 소년은 미국으로 건너가 애리조나주 투산에서 고등학교에 입학했다. 양부모는 이미 1남 1녀의 친자녀가 있었다. 한국인 중에도 작은 편이었던 그는 백인 동네에서는 난쟁이에 가까웠다. 잠을 잘 자면 키가 커진다는 소리를 듣고 양어머니는 무조건 밤 9시면 취침하도록 했다. 그는 자는 시늉을 하다가 부모님 침실에 불이 꺼지면 밤새 이불 속에서 공부를 했다. 기초 실력이 없고 영어가 딸려 처음에는 학교생활에 적응하지 못했다. 아무리 노력해도 안 되자 하루는 점심식사 후 학교 담장 밑에서 쭈그려 앉아 눈물을 흘리고 있었다. 마침 지나가던 교장선생님이 그 모습을 보고 생각보다 너무 잘하고 있다며 격려하면서 성적 자체보다 성적이 좋아지는 속도가 기특하다고 칭찬을 해주었다. 칭찬이 약이 되었던지 점점 성적이 좋아진 소년은 나중에 교장선생님과 대학 진학을 상담하기에 이르렀다. 미국에서 어느 대학이 가장 좋으냐고 묻는 소년에게 선생님은 분야에 따라 다르나 전반적으로 보스턴에 있는 하버드대학이 가장 좋다고 대답했다. 그는 그 자리에서 하버드대 진학을 결심했다.

미국의 입시는 성적 외에도 운동, 예술, 사회봉사 같은 전인적

활동을 중요하게 생각한다. 소년은 테니스를 시작하여 테니스 반장이 되었고 2년 만에 백인만 다니던 고등학교에서 학생회장으로 선출되었다. 키도 제일 작고 영어도 제대로 못했던 동양 아이가 학생 투표로 회장이 되었다니 소설보다 더 소설 같은 일이 벌어진 것이다. 우수한 성적과 학교 생활, 어쩌면 전쟁고아에 대한 배려가 더해져, 그는 하버드 대학에 합격했다. 이 입지전적 이야기는 대단한 화제를 모아 신문사가 자서전 출판을 권유할 정도였다. 대학 신입생 신분으로 맞지 않다고 생각하여 사양했지만 그는 그때부터 자신에 관한 자료를 모으기 시작했다. 하버드 재학 중에는 아르바이트로 교내에서 노점상을 했다. 경험을 쌓은 그는 노점상 체인점의 사장이 되어 다른 학생들을 직원으로 쓰면서 충분히 학비를 벌었다. 졸업 후 콜롬비아 대학에서 석사까지 했으나 자신은 학문보다 실무가 더 적성에 맞는다는 것을 알게 되었다.

그는 미 공군 장교로 자원입대하고 근무지로 한국을 택하여 15년 만에 고국에 돌아왔다. 전쟁 후 미군 상사를 따라 간 천애고아가 세계 최고 대학을 졸업한 유망한 인재가 되어 금의환향한 것이다. 테니스에 대한 관심은 여전했다. 하루는 대회를 보러 갔다가 관중석에서 환한 빛을 발견했다. 그 빛은 충청도 출신의 어느 여대생에게서 나오는 것이었다. 한눈에 반한 그는 줄기차게 쫓아다닌 끝에 마침내 결혼에 성공했다. 하버드 대학을 나왔다고 주장하지만 군복도 몸에 맞지 않는 자그마한 청년을 좋아하는 데 시간이 걸렸다고 회상하지만 현재 어느 부부보다 다정하다. 인생 초기에는 불행했으나 그에게는 하늘이 내려주고 자신이 노력하여 얻은 능력이 있었다. 퇴역 후 외국 회사의 서울 지사에 직장을 잡았다. 한국적 문화와 정서에 갈증을 느끼던 그는 직장생활 중 5년을 빼고는 줄곧 서울에서 근무했다. 실력과 업적이 특출하여 마침내 유수 글로벌기업의 회장이 되었다. 아들도 아버지의 유전자와 노력을 이어받아 하버드 대학을 졸업하고 지금 중국에서 큰 제조업을 한다.

한편 스미스 상사는 노후에 아내와 친아들이 먼저 죽어 홀로 투산 옛집에서 살았다. 고아 출신의 회장과 그 아들은 미국 출장 때마다 상사를 찾아가 정성껏 돌보며 더 좋은 집이나 승용차를 사주려고 했으나 모두 거절했다. 그는 옛날에 하던 대로 매년 크리스마스 카드에 50달러 지폐를 넣어 자식들에게 주었다고 한다. 양아들과 손자에게 보호자로서 위치와 자존심을 지키려는 것이었다. 물론 출세한 자식에 대한 보람과 자랑은 끝이 없었다. 고등학교도 제대로 졸업하지 못한 그에게 양아들과 손자는 엄청난 대리만족이 되었던 것이다. 말년에 카지노에 재미를 붙인 스미스 상사는 한 번에 몇 십 달러씩 잃어 양아들에게 핀잔을 들었다. 중국에 있는 손자가 그 소식을 듣고 죽음을 앞둔 할아버지에게 1만 달러를 현금으로 바꾸어주며 친구들과 카지노에 가서 즐겁게 다 잃으라고 주었다. 퇴역 상사는 절친 몇 명과 카지노를 찾아 여한 없이 슬롯머신을 당겼다고 한다.

스미스 상사의 장례식상에는 남지 둘을 빼고는 모두 백인이었다. 친지와 동네 사람들은 두 동양인이 장의사에서 나온 일꾼이라고 생각했다. 사실은 상주인 스미스 회장과 아들은 성대하게 장례식을 치렀다. 퇴역 상사의 부인인 양어머니의 첫 남편이 있었는데 그가 제일 슬퍼했다. 스미스가 그만큼 인성이 좋아 친구에게 잘해준 것이었다.

백여 명 참석자 중에서 스미스라는 성을 가진 사람은 고아 회장과 아들뿐이었다. 두 부자는 참 좋은 인연을 만들어준 미 해병대상사의 고마움을 기리기 위해서 한국에서도 그 성을 쓴다. '미스터 스미스'라는 이름을 듣고 쓸 때마다 그 분의 사랑을 기억하고 타인에게도 나누어주려고 노력한단다. 스미스 장학금도 만들어 불우한 고아나 학생들을 돕는다. 지금도 미국에 가면 할아버지 산소에 꼭 들르는 손자는 가장 존경하는 사람으로 양할아버지를 꼽는다. 스미스 집안의 진실한 마음과 참된 사랑은 소설보다도, 영화보다도 더 감동적인 우리 삶의 이야기를 들려준다.

시계 명장의
노블리스 오블리주

돈을 벌기 위해 선택한 직업이 자신이 진정 하고 싶은 일과 일치한다면 그런 행운도 없을 것이다. 외딴 시골 마을 가난한 집에 개구쟁이 중학생이 있었다. 1960년대 당시 한 반 60명 중 손목시계를 가진 학생은 3명에 불과했다. 중학교 2학년 때 장난을 치다가 친구의 손목시계가 땅에 떨어져 뒷뚜껑이 열렸다. 황금색의 복잡한 부품 속에 햇빛에 반짝이며 움직이는 무브먼트를 본 순간 자기 심장도 같이 뛰는 것을 느꼈단다. 그 순간 시계야말로 앞으로 가야 할 길이라고 직감했다. 그 학생이 정윤호다. 중학교를 졸업한 다음 날 읍내 시계방에 견습생으로 들어가 시계 수리와 제조의 외길을 걷기 시작했다. 거기서 더 이상 배울 것이 없자 더 큰 시계방으로 이직했다. 이렇게 새로운 기술을 익히고 만족할 때까지 28번이나 직장을 옮겼다. 이런 노력이 쌓여 1986년 미국시계학회ACWI 공인 고급시계사高級時計士가 되고, 2000년에는 대한민국 명장으로 인증받았다. 그는 처음부터 마치 전생에 이 일을 했던 것처럼 쉽게 익숙해졌고, 50년을 한 가지 일만 하면서도 항상 새로운 것을 배워 즐겁다고 했다.

전자식 시계가 대세인 요즘도 옛날식 아날로그 시계를 찾는 발길은 끊이지 않는다. 그는 서울에 두 개의 시계방을 운영하며 시계 마니아의 주문으로 세상에 둘도 없는 수제품을 제작한다. 보통 200개에서 300개가 되는 부품을 직접 만드는데 가장 정교한 제품은 부속품이 2,000개까지도 들어간다고 했다. 특히 극한 환경에서는 전자식 시계가 오작동할 수 있기 때문에 탐험가나 군인에게는 요구하는 대로 특수 제품을 만들어준다.

그의 상점을 방문하여 평생 수집한 애장품들을 보았다. 시계는 인류의 지혜를 총망라한 듯 다양하기도 했다. 금속 볼을 수차에 이용한 시계, 이슬람 성지인 메카의 방향과 시간을 함께 알려주는 아라비아 시계, 온도에 민감한 특수 액체의 수축과 팽창 에너지를 이용하여 영구 작동하는 아트모스 시계, 정오의 강력한 햇살을 볼록렌즈로 모아 대포 심지를 태워 작동하는 캐논 시계가 특히 흥미로웠다. 그 중 가장 낭만적인 것은 중국산 용선명이 시계다. 용머리를 선두에 조각한 좁고 긴 카누 모양의 자기그릇 바닥에 기다란 향나무를 놓고 그 위에 구슬을 두 개씩 무명실로 연결하여 9雙을 가로로 얹어놓았다. 향나무 꼭지에 불을 붙이면 점차 타 내려가면서 그 위에 얹힌 무명실 역시 순서대로 끊어지는데 그 때마다 구슬방울이 징 위에 떨어지는 소리로 시간을 알려 준다!

우리나라에도 특수한 시계가 몇 점 있다. 세종대왕이 신하들과 함께 개발한 앙부일구仰釜日晷는 태양의 고도에 따른 그림자의 길이를 이용하여 시간과 함께 절기를 측량했다. 해시계에 각종 장식을 꾸며 황제의 위엄을 과시하던 중국 시계와 달리 백성의 농경 생활에 도움을 주고자 했던 우리 군주의 선한 의지를 담았다. 세종은 휴대용 물시계인 행루行漏도 만들었다. 전쟁 중 정확한 시간에 작전을 수행하기 위해 사용했다고 한다. 세계적인 희귀품인데 안타깝게 실물은 선해지지 않는다.

정윤호 명장을 알게 된 것은 서울대학교병원 탑시계를 수리할 때였다. 고종 황제가 근대화 정책을 시행하면서 1873년 경복궁 내에 서양건물인 건청궁과 함께 시계탑을 세웠다. 군주는 시간을 측정하여 백성에게 알릴 의무가 있었는데 그간 사용하던 해시계와 물시계를 폐기하고 서양 시계탑을 세운 것이다. 서양문물을 받아들이겠다는 의지의 상징이었다. 미국과 직접 교섭해 일본보다 일

년 빠른 1887년 건청궁에 전기불을 놓고, 일본과 같은 해 종로에 전차를 가설했다. 한성전기회사 사옥에도 조그만 시계탑을 얹었다. 1908년에는 의료 근대화의 일환으로 대한의원을 세웠는데 이때 세 번째 시계탑을 건물 중앙에 배치했으니 이것이 바로 서울대학교병원 탑시계나. 오래된 탑시계가 고장이 나 몇 번 시도했으나 고치지 못하던 것을 정 명장이 2014년 봄에 성공적으로 수리했다. 우리 병원 박물관에서는 특별전을 열어 이 일을 기념했다. 옛 시계는 현재 시계탑 건물 3층에 전시되어 있다.

정윤호 명장은 반세기 동안 한결같이 시계 수리와 제조의 외길을 걸으며 점차 사명감을 느끼게 되었다. 인류의 과학문화 유산인 시계를 지키고 육성해야 한다는 자각이었다. 곧 사비를 들여 서울 교외에 시계 박물관을 열 계획이다. 평생 모은 1,600점의 자식 같은 물품들과 함께 대한의원 탑시계 복제품도 전시한다. 이 분야에서 선조들의 노력, 천재성, 역사 의식을 기리는 장소이자 이공학도에게는 좋은 체험교육장이 될 것이다.

또 하나 그가 중요하게 여기는 일은 시계 감정이다. 명품 시계를 가짜 제품이나 가짜 부속품으로 바꿔치는 경우가 비일비재하다고 한다. 검찰이나 법원 요청에 따라 감정을 하면서 이해관계에 얽혀 생명의 위협까지 느낀 적도 있단다. 그러나 그는 건전한 선진사회가 되기 위해 전문가가 해야 할 의무로 인식하고 공식 시계 감정서를 기꺼이 작성해준다.

외딴 시골 출신이지만 성심껏 노력해 일가를 이루고 이제는 자발적으로 사회의 중요한 역할을 맡아 하는 그를 생각한다. 사회 지도층이 앞장서 의무와 책임을 다 하는 것을 '노블리스 오블리주 noblesse oblige'라고 한다면, 평범한 사람이 전문가로 책임과 의무를 다하여 사회를 이끌어 가는 것은 뭐라고 하면 좋을까? 이런 분들을 일컫는 멋진 말도 하나쯤 나와 주면 좋겠다.

전설이 된
기부천사

모든 인간이 이 세상에 한정된 기간만 존재하는데 이 사실을 인식하며 살아간다는 것은 기막힌 모순이다. 단 한 번의 생을 어떻게 살지 방황하면서도 한편 자신이 역사나 전설에 기록되어 후세가 기억하기를 바란다. 모든 사람이 역사의 흐름에 중요한 역할을 할 수는 없으나, 생각과 행동이 뛰어나면 세월이 지나도 전설로 남는다. 전설이 되려면 생각이나 행적이 남과 달라야 하지만 그 중에서도 시간의 여과를 거쳐 살아남은 것만 전해진다. 과거에는 군주나 대신, 장군 등 집권층이 전설의 주인공이었지만 미시적 역사관에서는 일반 서민도 얼마든지 전설의 주인공이 된다. 전설적 인물이 탄생하는 과정에는 몇 가지 공통적인 절차가 있다. 먼저 불우한 여건에서 시작한다. 주인공은 좌절 속에 방황하다 어떤 계기로 좋은 일을 하기 시작한다. 모든 역경을 굳은 의지로 극복하면서 양성 피드백이 작동해 훌륭한 업적을 이루게 된다. 이를 선전하고 이용하려는 보통 사람과는 달리 숨기거나 겸손한 태도를 보여 오히려 전설을 증폭시킨다. 가족과 주위 사람들도 감화되어 적극 동참한다. 마지막으로 초심을 잃지 않고 일관된 생애를 살면서 사회적 보답을 사양하여 업적이 전설로 견고해진다. 내 주위에서는 장기려 박사가 이런 전설적 인물이었고, 현존 인물로는 간담도외과의 명의 이승규 교수와 야구의 신이라 불리는 김성근 감독을 꼽을 수 있겠다.

이런 맥락에서 전설 한 토막을 소개한다. 올해 53세인 그는 전남 장성에서 가난한 소작농의 막내아들로 태어났다. 네 살 때 아버지를 여의고 살 길을 찾아 가족 모두 서울로 올라왔다. 어려운 가정 형편 때문에 초등학교만 졸업하고 일식집 주방 보조로 취직해서 요리를 배웠다. 그는 어려서 생긴 화농성 축농증을 제대로 치료하지 못해 건강이 좋지 않았다. 처음에는 새벽부터 밤늦게까지 일하는 식당 생활이 견디기 어려워 자살까지 생각했다. 그러나 어느 날 자신을 위해 밤늦게 간절히 기도하는 어머니를 보고 대오 각성하여 어머니께 보답하기 위해서라도 열심히 살아보겠다고 마음먹는다. 또 성공하면 자기처럼 힘들고 어려운 사람을 도와주며 살겠다고 다짐했다. 성실하게 일하는 그를 주위에서도 점차 인정하기 시작했다. 주방 보조에서 벗어나 요리를 하게 됐고 단골 손님도 생겼다. 그를 눈여겨본 일식집 '어도' 주인은 외상으로 가게를 넘겨줬다. 신선한 생선과 해물에 정성 어린 음식, 넉넉한 인심에 점점 손님이 늘었다. 6개월 만에 가세를 징식으로 인수히고 사업은 일취월장했다.

여유가 생기자마자 그는 다짐을 실천에 옮겼다. 동네 노인정에 무료 식사를 제공하고 장애인 시설 다섯 곳에 음식 재료를 보냈다. 고향의 5개 고등학교에 매년 장학금을 후원하고 대학에도 장학금을 기부한다. 서울대학교병원 김석화 교수와 정희원 교수를 만난 것을 계기로 형편이 어려운 어린이 환자도 후원하게 됐다. 매출의 일부를 모아 매년 1억원씩 무려 13년을 거르지 않고 기부했다. 병원에서도 감사의 뜻으로 그를 기부천사로 명명하고 홍보대사로 초빙했다. 개업 초기에는 수입금 일부만 기부했으나 지금은 수익 전액을 병원과 학교, 자선단체에 후원한다. 누적 후원액이 50억원을 넘어 대통령 표창을 두 번이나 받았고, 2011년엔 초대 국민추천포상을 받았다.

그는 "기부를 시작했던 날이 내 삶의 터닝 포인트가 됐다"고 회상한다. 음식점의 모든 수익을 기부하기 위해 연중 하루도 쉬지 않고 열심히 일한다. 줄수록 삶이 더 풍요로워지고 행복한 기운을 얻게 되니 "능력이 되는 한 더 많은 기부와 봉사를 하겠다"고 한다. 그는 유명인사가 되었지만 아직도 부지런하고 겸손하다. 연중무휴로 일식집을 운영하는 이유는 오로지 후원금을 조금이라도 더 벌기 위해서다! 기부 중독자가 된 그는 휴일에 일해도 즐겁기만 하다. 오늘도 음식점 부장 명찰이 달린 낡은 조리복을 입고 일한다. 일식당 대표보다 주방장으로 일한다는 초심을 유지하고 자기를 낮추려는 성숙한 자세다.

어머니는 그에게 깊은 영향을 미쳤다. 남편을 잃고 홀로 6남매를 키우면서도 이웃을 돕는 어머니의 선행을 보고 자란 것이 좋은 인연의 출발점이 됐다. 좌절을 겪었던 청소년기의 위기도 어머니의 눈물 어린 기도에 감화되어 눈 녹듯 없어졌다. 어머니에게서 충분한 사랑을 받았기에 다른 사람에게 베풀 수 있었던 것이다.

그의 선행은 배금사상이 만연한 시대에 가족과 친지들의 동의와 도움이 없으면 당초부터 불가능한 일이다. 아마 수입 전액을 기부한다고 했을 때 가족이나 직원들은 반대했을 것이다. 그러나 그는 확고한 의지로 주변 사람들을 설득하여 공동의 목표를 세웠다. 그는 "기부란 혼자 힘으로 하는 것이 아니라 가족, 직원 그리고 식당 손님들까지 함께 밀고 끌어주어야 한다"고 말한다. 특히 현명하고 후덕한 부인은 남편의 마음과 주변 상황을 잘 조화시켜 준다.

옛 전설의 주인공이 아니라 바로 옆에 있는 전설적 기부천사의 이야기는 설득력을 더한다. 유한한 인생길에 방황하는 우리에게 어떻게 살아야 하는지 시사해주는 것이다. "나의 작은 나눔으로 어려운 사람이 보다 나은 삶을 살게 되고, 다음에는 이들도 기부를 하게 되어 더 좋은 세상이 되는 미래를 꿈꾼다. 조그마한 후원이라도 시작하면 삶이 더 의미 있고 윤택해진다. 기부 문화가 바이러스처럼 확산돼 우리 모두가 함께 행복해지기를 바란다."

스마트폰 세상

지하철이나 버스를 타면 남녀노소 할 것 없이 모두 스마트폰을 들여다 본다. 커피숍과 식당, 심지어 걷거나 운전하는 중에도 사용한다. 필요한 일도 하겠지만 오락성 소일거리로도 즐겨 젊은이들은 매일 평균 4시간을 스마트폰에 소비한다고 한다. IT 강국이라는 우리나라뿐만 아니라 세계 모든 곳에서 일어나는 현상이다.

스마트폰은 2007년 금세기의 천재인 스티브 잡스의 애플사에서 처음 개발했다. 휴대폰과 초소형 컴퓨터를 결합한 것으로 휴대폰 기능에 문자 메시지와 인터넷 접속 같은 데이터 통신기능을 통합했다. 기존 휴대폰과 달리 다양한 애플리케이션(응용프로그램)을 설치해 사용한다. 시계 박물관에서 조선시대의 휴대용 해시계를 본 적이 있다. 선조들이 정확한 시각을 측정해 생활에 이용했다는 증거다. 인간이 시간을 장악했다는 의미다. 휴대폰은 시간뿐 아니라 공간의 한계를 극복한 통신 도구다. 스마트폰으로 넘어가면 여기에 막강한 메모리와 전산기능을 가진 컴퓨터가 더해진다.

이런 장점은 생활을 혁명적으로 바꾸었다. 우선 소통에 혁명이 이루어졌다. 언제 어디서든 모든 개인과 십난이 서로 연결된다. 최근에는 다수와 직접 연결되는 SNS social network service가 등장해 소통 양식도 달라졌다. 카카오톡과 라인을 통해 실시간으로 대화를 나누고, 트위터나 페이스북을 통해 개인의 의견을 동시에 수십만 명에게 전달한다. 은밀하게 이루어지던 부정 행위가 다수의 감시자에 의해 밝혀지는 등 사회의 투명성을 유지하는 데 도움이 되지만, 개인생활이 여과 없이 노출되는 문제도 있다.

이 기기는 휴대용 컴퓨터이니 실시간으로 막대한 정보가 모든 사람에게 제공되는 것이 또 하나의 혁명이다. 인터넷은 위성과 슈퍼컴퓨터 같은 인류 최고의 과학기술과 접목되어 날로 발전한다. 30여년 전 우리나라 IT계의 대부인 이용태 박사는 인공위성을 이용한 지도검색이나 심전도 원격 판독 가능성을 이야기했다. 나는 인공위성은 군사적 목적으로만 사용되는 첨단장비인데 개인을 위해 사용할 수 있을지 의문을 제기했었다. 그러나 불과 10년 후 이러한 용도가 일반화되기 시작하여 지금은 지구 곳곳을 모든 사람에게 고해상도로 보여준다.

이 문명의 이기利器는 이미 일상 깊숙이 파고들었다. 요즘 젊은 이들은 음악, 스포츠, 영화, TV 등을 모두 스마트폰에 의존한다. 신문은 안 본 지 오래고 영화나 TV도 자기가 편한 시간에 즐긴다. 사진과 동영상 기능을 취미 생활뿐 아니라 학업과 업무에도 적극 이용한다. 기억할 것이 있으면 메모 대신 사진을 찍어 남긴다. 전화기로 사진이나 비디오를 찍는다고 상상이나 했으며 그 거대한 코닥Kodak 사가 몰락할 줄 누가 알았을까? 인터넷을 이용한 상거래도 점점 활기를 띤다. 우리나라에서는 이미 총 구매액의 절반 이상이 인터넷을 통해 이루어진다. 이제 결제도 스마트폰으로 한다.

스마트폰은 나른 기능노 블랙홀처럼 빨아늘인다. 책, 신문, MP3 플레이어, 라디오, TV, 지도, 녹음기, 계산기, 시계, 사전, 파일, 노트, 메모지 등이 모두 그 안으로 사라졌다. 그만큼 편해졌지만, 그만큼 게을러지고 기기에 의존하게 되었다. 스마트폰이 없으면 전화번호도 못 외우고, 계산도 못 하고, 목적지를 찾지도 못하니 인간의 장점인 지적 기능이 퇴화되는 것이다.

사실 편리성에 동반되는 악영향은 심각하다. 유치원생부터 성인에 이르기까지 스마트폰 게임에 빠진 모습을 얼마든지 볼 수 있다. 게임 산업은 스마트폰의 접근성에 힘입어 급성장했으나 '스마트폰 중독'의 주원인이기도 하다. 인터넷 게임회사가 대형화되면서 유혹은 더욱 커진다. 더 큰 문제는 개인과 세상의 접촉이 모두 스마트폰으로 매개되기 때문에 인간이 점점 고립화, 개인화된다는 점이다. 이에 따라 정신건강에 해가 되어 감성의 미숙, 강박증, 우울증, 자폐증 등이 늘어난다. 신체적으로도 눈, 척추, 손목에 무리를 준다. 엄지손가락 관절염이라는 신종병은 특히 젊은이들에게 흔하다. '스마트폰 중독'으로 관계 형성이 어려워지고, 수면과 일상생활에 문제를 겪는 사람이 늘어난다. 끊으려고 해도 쉽지 않다. 금단현상이 나타나기 때문이다.

사회문화적으로 제일 문제는 왜곡된 정보가 생산되고 순식간에 퍼져 확대재생산된다는 것이다. 자신이 정통한 분야가 아니라면 대부분 인터넷에서 본 내용을 그대로 믿는다. 더욱이 인터넷 공간에서는 익명으로 활동하는 경우가 많아 아무런 책임감 없이 의식적, 무의식적으로 잘못된 정보를 퍼뜨린다. 한번 인터넷에 퍼지면 사실과 다르다는 사실이 밝혀진다고 해도 되돌리기 어렵다. 당사자에게는 치명적인 결과를 빚게 되는 것이다.

앞으로는 의료계가 아무리 반대해도 텔레메디신이 본격화될 것이다. 그 방향은 컴퓨터에서 전산화한 내용을 스마트폰에 구현하는 쪽으로 진행될 것이다. 우선은 검사 소견이나 의료 영상이 제공되는 데 그치겠지만 곧 환자의 건강상태를 실시간 모니터하는 수준에 이를 것이다. 의료계는 능동적인 자세로 대처해야 한다. 어떻게 보면 의료산업 성장의 호기다. 네트워크를 통해 사업이 금방 세계화되어 급성장할 수 있다.

앞으로 스마트폰의 발전 방향과 범위는 거의 예측 불가능하다. 인간이 삶을 순조롭게 지내려면 좋든 싫든 이 기계에 익숙해져 적극적으로 이용하고 문제점에 관한 적절한 방안도 마련해야 할 것이다.

우리는 왜 스포츠에
열광하는가?

가을을 맞아 각종 스포츠 행사가 눈길을 끈다. 프로야구의 가을 시리즈, 프로배구와 프로농구 개막전에 축구의 월드컵 예선전이 화제다. 외국 팀에서 우리 선수들이 뛰어난 활약을 하면서 유럽 축구, 미국이나 일본 야구에 대한 관심도 국내 경기 못지않게 뜨겁다. 우리나라 위성 TV에는 스포츠 전문 채널이 11개나 되어 시청자 확보전이 한창이다. 미국과 일본 프로야구는 물론, 축구도 FIFA 월드컵, 프리미어리그(영국), 분데스리가(독일), 프리메라리가(스페인) 중계권을 두고 치열하게 경쟁하다 결국은 하나씩 따내어 안방에서도 세계 유수의 경기 장면을 쉽게 볼 수 있다. 이런 인기 리그조차 한국 선수들의 성적과 부상 여부에 따라 시청률이 급변하여 방송국 관계자가 노심초사하는 웃지 못할 현상도 나타난다.

우리는 왜 스포츠에 열광할까? 무엇보다 인간의 본성에 맞아 재미있기 때문이다. 원시시대에 모든 시간을 음식을 구하는 데 보내던 선조들은 농사를 짓고 가축을 사육하면서 식량 부족에서 해방되어 여가를 갖게 되었다. 다양한 문화 활동과 스포츠가 발달한 배경이다. 특히 스포츠는 체력과 지능을 함께 사용해서 사람의 진화 과정과 맞는 면이 있기에 점차 두 가지 영역의 고차원적 협력을 유도하는 방향으로 규칙과 내용이 발전했다.

　흔히 운동경기는 인생의 축소판이라고 한다. 삶에서 만나는 욕심, 역경, 성취, 기쁨, 슬픔 등이 경기 중에 그대로 나타나 관중을 매혹한다. 활동사진의 역사도 비슷했다. 초기에는 현장 기록인 다큐멘터리만 제작하다 가상의 스토리를 도입하여 본격적인 영화가 탄생하여 대중을 사로잡았다. 스포츠는 정해진 규정에 맞추어 시합을 하지만 본래의 실력과 그날의 운에 따라 여러 가지 줄거리가 만들어지고 관중들은 실시간으로 달라지는 스토리에 매료된다.

　따라서 어떤 경기든 가만히 보면 삶의 지혜를 배울 수 있다. 우선 초반의 분위기가 끝까지 이어지는 경우가 드물다. 야구에서는 어느 팀이나 세 번의 기회가 찾아오고, 축구는 공이 둥글기 때문에 결과가 항상 실력대로 나오지는 않는다. 영웅이 등장하여 경기를 뒤집는가 하면 사소한 실책이 패배로 이어진다.

운동경기 중에는 현실에서 금지된 행동도 마음껏 한다. 야구에서는 타자를 죽이고 축구나 배구에서는 상대방에게 공을 강타한다. 권투와 격투기는 인간의 전투 본능을 직접 반영한다. 프로레슬러는 행동과 언사가 야만적일수록 인기가 높다. 일상에서 할 수 없는 언행을 경기자가 대신해주니 스트레스가 풀린다. 열띤 분위기 속에 수많은 사람이 하나가 되어 응원하면서 일체감을 느끼고 현실의 고통을 잊기도 한다.

한풀이도 해준다. 약체인 팀이 뜻밖의 홈런으로 상황을 단숨에 반전시킨다. 아무리 점수 차이가 나도 이론적으로는 9회말 스리아웃까지 이길 기회가 있고, 실제로 그런 일이 일어난다. 추가 시간에 믿기지 않는 골이 터지는 축구경기, 타임아웃과 함께 쏙 들어가는 농구의 역전 골도 통쾌하기는 매한가지다. 현실에서는 이런 기적이 일어나지 않는다. 그래서 운동경기가 위안을 주는 것이다. 현실의 상황이 어려울수록 사람들은 경기에서 심리적 보상을 받고 대리만족을 얻기에 스포츠의 인기는 하늘을 찌른다. 1929년 대공황이 미국을 강타했을 때 프로야구가 폭발적으로 성장했고, 한국도 1997년 IMF 경제위기 때 LPGA 박세리 선수가 국민적 영웅으로 떠올랐다.

흥미롭게도 경기 규칙은 인간 능력의 한계를 이용한다. 야구에서 투구한 공의 속도와 타자의 반응 시간, 도루하는 선수의 스피드와 포수의 송구 능력, 수비수의 반사 시간과 타자가 달리는 시간 등 한계점에서 생기는 미소한 차이로 승패가 갈린다. 넓은 축구장을 근접방어를 하며 90분 내내 뛰어다니는 것도 극한상황이다. 누가 체력강화와 훈련으로 극복하는가에 따라 결과가 달라진다. 아마 규칙을 만든 후 실전에서 많은 시행착오와 수정을 거치면서 이런 기준을 찾았을 것이다. 사실 방망이로 공을 멀리 쳐내거나, 그물망 안으로 공을 던져 넣거나, 공을 원하는 방향으로 잘 차는 사람이 일상생활에서 우대를 받을 이유는 없다. 그러나 스포츠의 세계에서는 곧 인간의 한계를 극복하는 것이기에 인기를 누리는 것이다.

요즘 어린이들의 꿈은 탁월한 운동선수가 되어 명성과 부귀를 얻는 것이다. 현명한 군주, 뛰어난 문인, 나라를 구한 장군보다도 유명 운동선수가 '신세대의 영웅'인 시대다. 지능과 체력을 겸비한 인류가 여유를 갖게 되자 스스로 창조한 산물이 스포츠다. 재미를 느껴 즐기기도 하지만, 인생살이의 아픔을 위로 받고 대리 만족을 얻기도 한다. 편한 생활에 여가가 많아 지루한 사람도, 힘든 삶에 꿈을 잃고 낙담한 사람도 스포츠에 빠질 이유가 있으니 앞으로 스포츠는 더욱 번성할 것이다.

부자가 되는 방법

우리나라는 점점 돈을 최고로 여기는 사회로 변해가고 있다. 경제 뉴스는 초미의 관심사요, 누구나 증권시세표와 로또 당첨 번호표를 들여다본다. TV 드라마나 영화는 사랑과 돈이라는 두 개의 축을 중심으로 돌아간다. 가난한 주인공이 남녀 간의 사랑으로 부자가 되는 신데렐라 스토리는 항상 인기만점이다.

　왕족과 양반 주도의 위계질서가 사라진 곳에 새로운 피라미드가 형성된 것이다. 재벌은 피라미드의 정점으로 과거 왕족과 같은 권위를 누리고 대접을 받는다. 재산이 많다는 것이 미덕이 되고 이제는 물려받은 재산조차 자랑스러워한다. 주위 사람들은 부자를 능력이 우월한 인재로 여기고 가까이 다가가 덕을 보려고 한다. 반대로 소득이 적으면 스스로 하층민으로 여기며 자괴하기도 한다.

세태가 이러하니 부자가 되는 것이 젊은이들의 꿈이 되었다. 보람 있고 명예로운 직업보다 돈 잘 버는 직업이 우선이다. 단번에 큰 돈을 버는 연예인이 선망의 대상이 되고, 법대와 의대가 입시에서 가장 높은 점수를 보인 지는 이미 오래다. 법조인과 의료인의 자부심보다는 졸업 후 안정적인 직장과 고소득을 기대하는 것이다. 졸업생들의 동태를 보면 알 수 있다. 판사나 검사도 적당한 기회에 돈을 많이 버는 변호사가 되고, 의대에서는 개업이 잘 되는 피부과, 성형외과에 우수한 인재들이 몰린다. 의학의 본류인 내과, 외과, 산부인과, 소아과는 매년 지원 미달이다.

그러나 누구나 부자가 될 수는 없다. 재물은 한정되어 있고 빈부란 상대적인 개념이기 때문이다. 신체적, 정신적 장애 때문에 효과적인 경제활동이 어려운 경우도 있다. 각국 정부는 자본주의의 이런 약점을 정책으로 해결하려고 한다. 하지만 모든 사람이 많은 돈과 재물을 원한다면 정책에 관계없이 사회구조는 무너질 것이다. 경제이론에 바탕을 둔 새로운 개념의 해결책이 필요하다.

돈의 흐름에서 놓쳐서는 안 되는 부분이 있다. 모으는 것 못지않게 쓰는 것이 중요하다는 점이다. 얼마나 효과적으로 지출하느냐가 얼마나 많이 버느냐 못지않게, 아니 때로는 훨씬 더 중요하다. 돈의 가치는 수입에 따라 달라진다. 만 원짜리 지폐가 모든 사람에게 같은 값어치를 갖는 것이 아니다. 각자의 소득에 따라 상대적으로 가치가 다르다. 예를 들어 전체 수입이 A이고 B원으로 어떤 물건을 구입하면 그 지출 가치는 B/A이다. B원으로 산 물건이나 행위의 효과가 C라면 내 지출 행동의 효용은 물건의 가치를 지출 가치로 나눈 값, 즉 C/(B/A)가 된다. 결국 A×C/B인 셈이다. 여기에서 물건의 가격 B는 고정되어 있지만 수입 A와 효과 C는 변한다. 같은 액수의 돈이라도 교환하는 사물이나 행위의 가치가 다르다. 수입A이 적어도 지출 효과c가 크면 지출 효용이 높아진다. 돈을 가치 있게 쓰라는 뜻이다. "남자는 천 원짜리 필요한 물건을 이천 원에 사고, 여자는 이천 원짜리 필요 없는 물건을 천 원에 산다"는 우스개가 있다. 남녀의 속성에 따라 돈을 잘못 사용하는 경우를 빗댄 것이다. 한편 천 원이면 아프리카에서 굶주리는 아이들에게 한 달간 양식을 제공할 수 있다.

인도나 파키스탄, 방글라데시 등 영국 식민지였던 국가에서는 영어로 된 각종 사전과 서적을 싼 값에 살 수 있다. 각국의 경제수준에 맞게 특별한 지역 가격이 적용되기 때문이다. 한번은 인도 학회에 참석 중 길가에 벌여놓은 좌판에서 책 한 권을 샀다. 미국에서도 인기리에 판매 중인 인도 사상가가 쓴 작은 문고판으로 가격은 500원이었다. 일종의 생활지침서인 이 책에서 인상적인 문구를 찾았다. "만나는 사람마다 항상 무엇인가를 주어라"는 것이었다. 선물이나 꽃을 주든지, 여의치 않으면 칭찬이나 격려라도 해주라는 것이었다. 상대방은 자부심이 생기고 하는 일에 신명이 날 것이다. 게다가 만날 때마다 선물이나 좋은 말을 주는 나를 싫어할 리 없다. 결국 쌍방이 윈-윈 하는 효과가 나타나 세상은 점점 좋은 쪽으로 바뀌어갈 것이다. 나는 지금까지도 이 격언을 실천하려고 노력한다. 500원으로 상상할 수 없는 효과를 거둔 셈이다.

그 인도 여행에서 나는 1박에 200불이 넘는 고급호텔에 투숙했다. 최고급 호텔의 안팎은 천지차이였다. 호텔 밖에서는 저녁이면 수많은 사람이 길바닥에 누워 담요를 덮고 잠을 청했다. 총을 든 경비원이 호텔 출입을 통제했다. 어느 날 혼자 점심식사를 하는데 호텔 밖에 나가면 불편한 점이 많아 구내 레스토랑에서 치즈버거를 시켰다. 가격이 무려 오만 원이었다. 책값의 100배인 셈이다. 돈의 가치를 떨어뜨리는 경제행위가 아닐 수 없다.

부자가 되려면 돈을 많이 버는 방법(A를 크게)도 있지만, 돈을 가치 있게 사용하는 방법(C를 크게)도 있다. 수입이 늘지 않고도 부자가 되는 길이다. 효과적으로 돈을 사용하니 그 만족이 부자에 못지않다. 서로의 갈등을 없애기 위해 자본주의 사회에 적용할 만한 바람직한 수단이요, 사고의 전환이 아닐까?

응답하라 1965

누이 동생의 아들인 조카 결혼식에 참석했다가 뜻밖에 H를 만났다. 누이 친구로 옆집에 살던 그녀는 어릴 적부터 모범생이었다. 중학교 교사 생활을 정리하고 지금은 그림을 그리며 산다고 했다. 우리가 멀리 이사를 가는 바람에 소식이 끊겨 사십오 년 만에 만났지만 어릴 때 기억이 생생하여 반갑기 그지 없었다. 내가 살던 동네는 당시로서는 서울 변두리 지역인 영등포 철도역 뒤에 있는 일본식 주택가였다. 식민지 시절에 유명한 운송회사인 조선운수(나중에 한국운수, 대한통운으로 바뀜)의 사택 단지였다. 그때 기준으로는 제법 크고 번듯한 기와집이어서 보통 다른 가구가 전세로 들어와 한 집에서 살았다. 주인과 세입자가 그야말로 식구처럼 지내며 별미 음식을 하면 나누어 먹고, 방학이면 점심식사 정도는 몇 집이 모여 한솥밥을 먹곤 했다. 특히 우리 집과 옆집 사이는 담이 무너져 아이들도 한 집처럼 넘나들었다. 우리 이모님 댁도 옆집으로 이사와 양쪽 집에 다섯 가족이 거의 15년을 같이 살았으니 실로 이웃사촌이었다.

골목길 주택가로 비교적 차분한 환경 덕인지 학구적 분위기에서 자란 아이들은 공부를 제법 잘 했다. 양쪽 집에서 서울대학생이 4명이나 나왔고, 다른 아이들도 유수한 대학에 다녔다. 형제처럼 섞여 지내며 자연스럽게 서로 가르치고 배우면서 자란 덕이 아닌가 한다. H는 또래 중에서 제일 키가 크고 어릴 때부터 철이 들어 부모들이 아무런 걱정을 하지 않고 키웠다. 우리 집에는 책을 파는 아버지 친구분 때문에 구입한 두꺼운 〈세계명작전집〉이 30여 권 있었는데 사춘기에 들어선 그녀가 모두 통독했단다. 우등생이었으나 어려운 집안 사정 때문에 학비가 저렴한 교육대학으로 진학하여 초등학교 선생님이 되었다는 것이 내가 들은 마지막 소식이었다. 그녀가 중이염 때문에 우리 병원에 다니고 있고, 아직도 독서를 즐긴다는 이야기를 결혼식장에서 듣고 내 수필집 두 권을 우편으로 보내주었다. 얼마 후 H는 편지를 한 통 보내왔다.

"보내 주신 책을 받고 하나, 둘 책장을 넘기다 앉은 자리에서 반을 읽었답니다. 그 다음 날 또 반을 읽고, 두 권을 읽는 데 5일밖에 걸리지 않았어요. 그냥 스마트폰으로 '책 잘 받고 잘 읽었습니다. 고맙습니다'라고 문자만 보내기에는 책에서 받은 감동의 무게에 비해 너무 가벼운 인사라는 생각이 들어 저절로 펜을 들게 되었습니다. 내가 얼마나 재미있게 후딱 이 책을 읽었는지, 읽는 내내 얼마나 행복하고 즐거웠는지 작가에게 알려드리는 것도 독자의 몫이라는 생각도 들었구요.

어린 시절부터 어떻게 자라왔는지, 무엇을 좋아했는지, 어떤 상황에 처했을 때 어떻게 대처했는지, 청년 시절에는 어떻게 시간을 보내고 의학 공부는 어떻게 했으며 무슨 책을 읽었는지, 누구를 만났는지, 60년 평생 그 많은 시간 어떻게 지냈는지…. 소소한 일상이 글 속에서 마치 누드화처럼 다 드러났답니다.

독후감으로 '한마디로 감동이다'라고 말하고 싶습니다. 평생 독서와 학문에 열중하면서 살고 싶다고 했는데 뜻한 바대로 그렇게, 많은 책을 읽고 또 읽었으며 의학을 공부하면서 수도 없이 많은 논문을 쓰면서 밤을 밝혔겠지요. 글을 쓰게 된 동기도 언젠가 논문을 남보다 빨리 쓰는 자신을 발견하고 '혹시 내게 글 쓰는 재능이 있는 것은 아닐까'라는 생각이 들어 한 편 한 편 쓰게 되었다면

서요? 덕분에 독자에게는 한 사람의 일생을 거울 들여다보듯 볼 수 있는 기회가 되어 참으로 좋았습니다. 하지만 이 책은 누구의 인생을 엿보는 그 이상의 즐거움이 있었답니다. 잘 몰랐거나 대충 알고 있었던 사실을 다시금 새롭게 하는 기회가 되기도 했으니까요. 내가 대학에 막 입학했을 때 선배 언니가 부생육기를 강추하여 읽은 적이 있는데 35년이 지난 후 '아! 그 책이 그런 내용이었지'하고 자고 있는 뇌리의 한 부분을 툭 쳐주는 느낌, 그런 신선한 느낌은 책을 읽는 내내 계속되었습니다.

'아는 만큼 보인다'라는 말이 있는데 저는 '아는 만큼 느낀다'라는 말로 바꾸고 싶습니다. 누구에게는 그냥 스쳐 지나가는 일상일 뿐 아무 것도 아닌 일인데 누구는 그 속에서 많은 것을 느끼며 소중하게 여기고 어떤 역할을 하고자 노력한 삶의 태도가 그대로 전해집니다. 어린 시절 옆집에 살던 추억 속의 친구 오빠가 훌륭한 의학자가 되어 우리나라 의학계에서 한 몫을 하고 있는 사실이 자랑스럽습니다. 특히 소소한 일상 속에서 얻은 생각을 글로 남기고 책으로 출간하여 '아름다운 한 사람'으로 새롭게 만나게 해 주셔서 감사합니다. 이제부터라도 나의 남은 인생과 시간을 헛되이 보내지 않고, 보고 싶은 책 더 많이 읽으면서 더 열심히 살아야겠다는 의지를 갖게 해주셔서 고맙습니다."

이비인후과 진료 차 병원에 온 그녀가 내 연구실을 방문했다. 교육대학 졸업 후 초등학교 교사가 되자마자 자기가 그리던 미래상과 다르다는 것을 알았단다. 마음 속에서 진정으로 원하던 화가가 되기 위해 야간 미술대학에 입학하여 낮에는 교사로, 밤에는 학생으로 주경야독晝耕夜讀을 했다. 마침내 중학교 미술교사가 되어 좋아하는 미술을 가르치다 연금을 받을 수 있는 나이가 되자 망설이지 않고 퇴직하여 자유롭게 작품 생활을 즐기고 있다.

교사 생활도 사명감을 가지고 열심히 했다. 아이들의 몸과 마음이 성장하는 것을 보면 그렇게 신기하고 기쁘더라고 했다. 선생님의 남다른 애정을 학생들도 알아서 첫 번째로 담임을 맡았던 제자들이 중년이 된 지금도 만나고 있단다. 경제적으로 여유가 있는 것은 아니지만 회화 전시회도 몇 차례 열었다고 한다. 실로 인생을 열심히 사는 사람이었다. 2014년에 출간한 졸저 〈참 좋은 인연〉에 내 생애가 이와 같기를 염원한 글이 있다.

"내가 선택한 외길에서
순수한 열정으로 노력하였고,
인간과 문화에 대한 애정을
일생 동안 가꾸고 나누려 하였다."

그녀의 이야기를 듣다 보니 사람에 대한 믿음과 책 읽기, 그림 보기, 음악 듣기에서 나와 같은 과䄉임을 알 수 있었다. 일생의 뜻을 같이하는 사람을 흔히 형제 사이로 비유한다. 이웃에 살았던 H는 45년 만에 다시 찾은 내 '사촌동생'이었다.

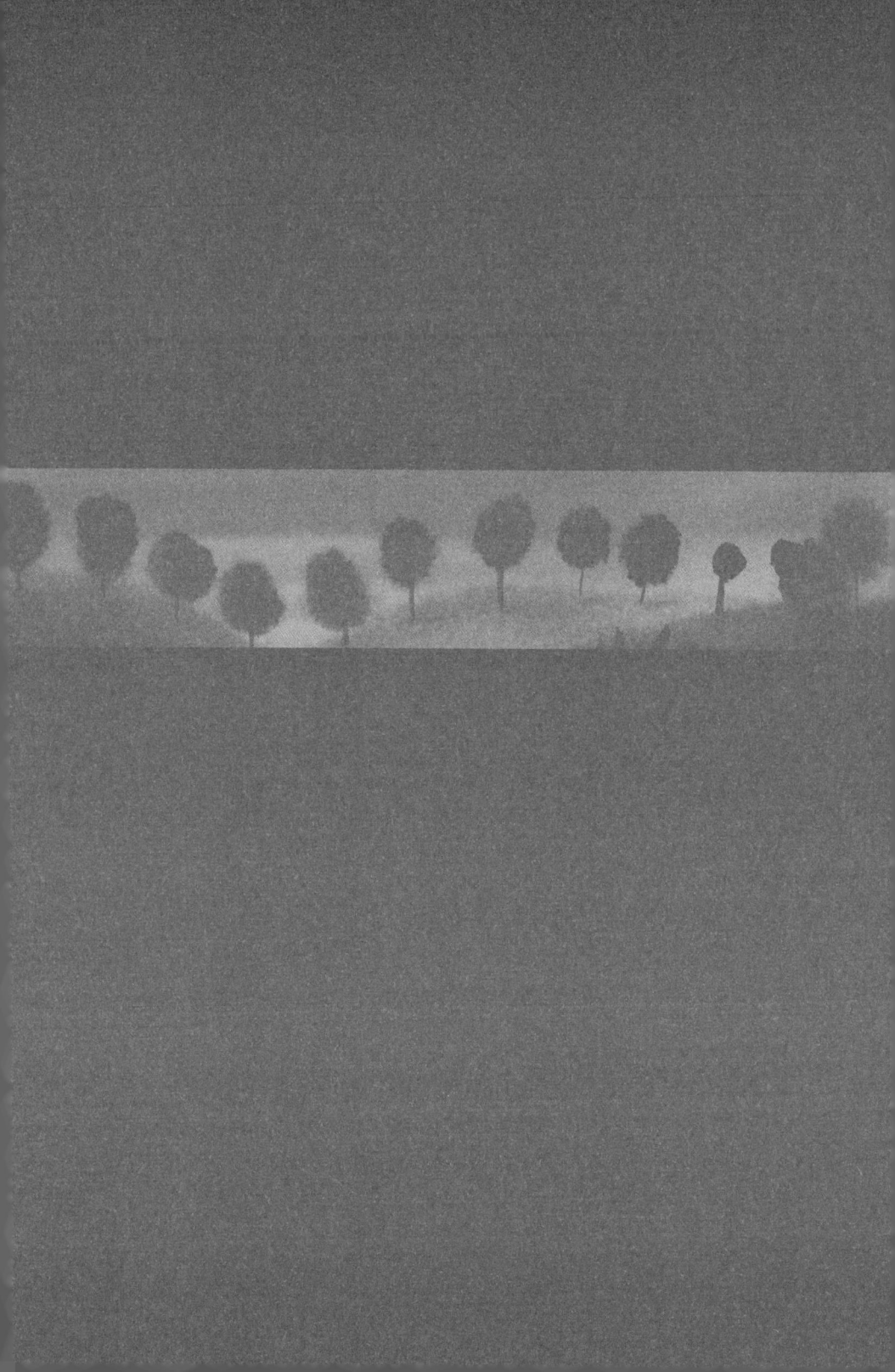

4

의학의 뒷뜰에서

사랑이란
무엇입니까?

1998년 처음으로 한국과 중국 간의 핵의학 학술대회가 북경에서 개최되었다. 당시 나는 대한핵의학회 총무이사로서 수년간 이 학회를 창설하기 위해 노력했다. 일본은 이미 4년 전부터 중국과 중일핵의학회를 창설하여 정식으로 교류하고 있었다. 우리도 참여하고자 했으나 일본 측의 반대로 따돌림을 당했다. 중일핵의학회는 가나자와 대학 핵의학 교수가 주축이 되어 시작했는데 배후에 일본 회사들의 막대한 지원이 있었다. 그들 입장에서는 거대한 중국 시장에 의료기기와 키트를 판매하기 위한 포석이었으니 한국이 끼어들면 좋을 것이 없었다.

당시 우리 핵의학은 초기의 어려움에서 벗어나 급성장하고 있었다. 특히 1995년 정식 전문 과목으로 독립하여 전공의를 따로 선발하고 전문의를 배출한 것과 때를 같이 하여 임상에서도 이용이 증가하면서 병원마다 속속 핵의학과를 설치했다. 나는 국제적 성장의 첫걸음으로 우선 가까운 이웃인 일본, 중국과의 교류와 공조를 적극적으로 추진했다. 그러나 거만한 일본을 설득하려면 중국과 따로 학술대회를 열어야 했다. 우선 중국학회장인 북경연합 의과대학 유Liu 교수를 한국에 초청했다. 서울대학교병원에서 10일간 핵의학 연구와 임상 이용 실태를 견학시키고 당시 학회장인 김지열 교수님이 계시는 전남대학을 방문하여 양국 협력을 위한 MOU를 작성했다. 우리의 활발한 학술활동과 성의에 감화된 유 회장이 중국 관계자들을 설득하여 마침내 한중 핵의학회 학술대회를 개최하게 된 깃이다.

북경 학술대회 중 공식 만찬이 있었다. 중국 의학계의 중요 인사들도 귀빈으로 초청되어 양측에서 150여명이 참석했다. 나는 과분하지만 김 회장님과 함께 한국측 대표로 주빈 테이블에 앉게 되었다. 바로 옆에는 중국 한림원의 최고 의학자가 자리했다. 백발에 둥근 안경을 써 더욱 지성적으로 보이는 그는 사람 좋아 보이는 미소를 지었다. 서로 인사를 하고 날씨 이야기 등으로 가벼운 대화를 나누었다. 그런데 이분이 갑자기 "Do you know what is love?"라고 물어보는 것이 아닌가! 많은 생각이 떠올랐지만 갑자기 사랑이 무엇인지 물어보니 바로 대답할 수 없었다. 우선 "That's very difficult question."이라고 한 후 "…somewhat philosophical and sophisticated definition"을 덧붙였다.

사랑이란 무엇인가? 쉽게 말하면 다른 사람을 아끼고 좋아하는 마음이다. 좁게는 남녀가 이성을, 넓게는 가족, 친구, 심지어 전 인류를 대상으로 한다. 청춘 남녀 사이에 자연스럽게 생기는 육체적 사랑, 즉 에로스와 정신적인 플라토닉 러브로도 나눈다. 사회생물학적으로 사랑은 종족보존이라는 지대한 목표를 달성하기 위해서 생겼다. 남녀가 사랑에 빠지면 자식을 적극적으로 생산하고 양육한다. 사랑이란 후세를 잇기 위한 전술이며 이때 필요한 에너지의 원천이다. 의학적으로 보면 사랑에는 단계적으로 여러 가지 물질이 작용한다. 초기에는 테스토스테론과 에스트로겐 같은 성호르몬 분비가 증가하고, 뇌신경계에서는 도파민, 노르에피네프린, 세로토닌이 분비되어 쾌락중추를 자극하여 강한 흥분 상태가 나타난다. 2-3년 지속되는 이 시기에 연애에 빠지고, 결혼을 하고, 아기를 만든다. 그 후에는 뇌 중추에서 옥시토신 등이 분비되어 안정된 상태에서 호감을 유지하며 함께 자식을 키운다. 종족보존을 위한 합목적적 과정이다.

남성은 나이와 관계없이 본능적으로 젊은 여성, 특히 여성의 육체미에 강한 매력을 느낀다. 이유를 쉽게 설명하면 이런 여자일수록 임신과 출산이 잘 되기 때문이다. 남성과 달리 여성은 피하지방이 발달한다. 에스트로겐 호르몬의 작용으로 지방조직이 만들어지고 적절한 부위에 분포하여 몸의 곡선을 만든다. 의학적으로 이러한 지방조직은 아이를 키우는 어머니 역할에 많은 도움이 된다. 따라서 육체의 모습에서 우리는 본능적으로 후손을 생산, 양육할 능력을 보게 되고, 부드러운 곡선에서 아름답다는 관능미를 느낀다. 인류의 초기문명 시대부터 마른 몸매보다 풍만한 육체의 여성들을 찬미한 까닭이 바로 여기 있다. 요즘 비만에 강박관념을 가진 여성분들이 잘 알아야 할 내용이다.

그러나 옆에 앉은 점잖은 학자께서는 정신적인 요소도 포함하여 물어보신 것이리라. 어찌 육체적인 사랑만 있으랴. 정신적 사랑, 더 나아가 인류애, 아가페적 사랑도 있다. 어떻게 보면 한 개인보다 인간 전체를 사랑하는 것이 더 위대한 일이다. 모든 타인을 대상으로 하기에 이런 사랑은 오히려 삶의 태도와 행동에 가깝다. 내가 다른 사람과 어울려 사는 자세와 행동 양식인 셈이다. 에리히 프롬은 명저 〈사랑의 기술〉에서 "사랑은 다른 사람의 생명과 성장에 적극적으로 참여하는 일"이라고 했다. 그러기 위해서는 자신 속에 살아 있는 것을 내주어야 한다. 기쁨, 관심, 이해, 지식,

유머, 심지어 슬픔까지 자신의 모든 것을 주는 것이다. 자신의 생명을 주어 그를 풍요롭게 만들고, 자신의 생동감을 고양하여 타인의 생동감을 고양시킨다. 다시 받기 위해서가 아니라 주는 것 자체가 지극한 기쁨이다. 프롬은 "많이 가진 자가 부자가 아니다. 많이 주는 사람이 부자다. 하나라도 놓지 않으려는 사람은 아무리 많이 가져도 가난한 사람이다."라고 했다. 석가, 예수 같은 선각자가 이미 2,000년 전에 깨달은 내용이다. 아무런 대가 없이 자신을 주는 이유는 사랑을 받은 사람에게 새로운 사랑을 불러일으키리라는 희망이 있기 때문이다.

이런저런 생각을 하면서 말을 잇지 못하는데 그 학자가 부연설명을 했다. 한국에서 요즘 인기 있는 TV연속극 〈사랑이 무엇이길래〉를 아느냐는 것이란. 이순재, 김혜자, 최민수, 하희라 등 한국 최고의 탤런트들이 나오는 그 드라마는 나도 즐겨보고 있었다. 그러고 보니 "Do you know what love is?"가 아니라 "Do you know 'What Is Love'?"라고 물어본 것이었다. 한류에 심취한 이 학자는 낯선 분위기에 거북해하는 나를 배려하여 좌중도 부드럽게 할 겸 물어본 것이었다. 학문적이고 철학적인 답을 준비하고 있었다는 나의 고백에 웃음이 터졌다. 한바탕 웃고 나니 친밀한 감정이 느껴졌다. 저녁 동안 그분의 자상하고 사려 깊은 태도와 대화는 앞서 말한 진정한 사랑을 생활화한 모습이었다. 한중일의 미묘한 입장 차이에 대한 내 고민에도 진지하게 귀 기울여 주었다. "사랑이란 무엇입니까?"에 대한 답을 저녁식사 내내 자신이 언행으로 보여준 셈이었다.

그의 격려와 사랑에 대한 가르침 덕분에(?) 그 후 한중, 중일학회는 원만하게 통합되어 지금은 한중일 학술대회가 세 나라를 오가며 성황리에 열리고 있다.

환자와 의사가
사랑에 빠진다면

의사와 환자 사이에는 믿음과 소통이 있어야 한다. 의료계에서는 '라포rapport', 즉 친밀한 관계라는 표현을 주로 쓴다. 라포는 환자는 물론 보호자와의 사이에도 필수적이다. 보통 환자의 가족인 보호자는 경제적인 책임도 지지만, 질병에 따라 진단과 치료의 중요 단계에서 의료진과 상의하고 향후 방향을 결정하는 데도 관여한다. 직접 환자를 치료하고 간호하는 데도 의료진 못지 않은 역할을 한다. 서양과 달리 우리나라 병원은 보호자 없이 병원에서 전적으로 환자를 돌보지 못하기 때문에 이들의 협조가 중요하다. 환자를 정서적인 면에서 돌보는 일은 사실상 거의 보호자 몫이다. 아픈 당사자는 불안하고 외로움을 느끼고 종종 우울증에 빠진다. 의사는 전문적인 지식과 정보를 제공하지만 상황에 맞추어 기운을 북돋우고 우울증을 극복하도록 돕는 일은 보호자가 없다면 불가능하다.

환자와 보호자의 협조가 이토록 중요하기 때문에 의사 입장에서는 좋은 관계를 유지하는 것이 진료의 핵심 요소다. 환자의 상태가 심할수록 더 밀접한 협조 속에서 병과 싸우게 되므로 동료애 비슷한 감정을 느끼기도 한다. 환자가 중태에 빠지고 다시 회복되는 등 상태가 급격히 변하면 같은 팀으로서 좌절과 기대, 기쁨을 공유하여 자연히 유대감이 생기는 것이다.

문제는 환자나 보호자와 의료인이 서로를 이성異性으로 인식하는 경우다. 환자 측은 애를 쓰는 의사에게 원래부터 좋은 감정을 갖고 있으므로 이성적 매력을 느끼기 쉽다. 젊은 의사는 항상 병원에서만 생활하다 보니 같은 또래의 상대방을 접촉하는 기회가 적다. 종합병원이라는 환경이 자연스럽게 연애 감정이 싹트는 계기가 되는 것이다.

60대 대학교수가 간암이 의심되어 입원했다. 오른쪽 상복부에 딱딱한 혹이 만져지고 혈액검사, 영상촬영 소견상 원발성 간암의 가능성이 있었다. 치료 방침을 결정하고 정확한 예후를 알기 위해 조직검사를 하기로 했다. 당시는 초음파나 CT로 보면서 하는 것이 아니라 순전히 해부학적 지표와 감感에 기대어 검사용 주사바늘로 간을 찔러 조직을 채취했다. 당연히 만만치 않은 위험이 따랐다. 나는 환자의 아내와 딸에게 검사의 필요성과 위험을 설명하고 동의를 구했다. 두 사람은 모두 나를 믿는다고 했다. 그러나 조직검사 후 출혈이 생기고 지혈제에도 듣지 않아 응급수술로 출혈 부위를 도려내기에 이르렀다. 피치 못할 일이었지만 원인 제공자가 된 나는 가족에게 진심으로 사과했다. 교양 있는 부인과 딸은 신경을 쓰지 말라면서 오히려 내 노고에 감사했다. 수술 팀에 있는 대학 동기에게 부탁했더니 그렇지 않아도 따님이 팔등신 미인이라 각별히 신경을 쓴다고 농담을 했다. 그러고 보니 인사차 찾아간 외과병동에서 만난 그녀는 눈에 띄는 미모에 늘씬한 글래머였다. 검사 결과는 예상대로 간암이었다. 환자를 다시 내과로 옮겨 항암제 치료를 했다. 다시 한 팀이 된 우리는 감정적으로 더욱 가까워졌다. 환자 부인은 24시간 병원에서 지내며 환자를 성심성의껏 보살피는 나를 전적으로 신뢰했지만 따님은 나를 볼 때마다 담담한 미소만 지었다. 퇴원하는 날, 팔등신의 따님이 나를 찾아왔다. 그간 고생한 내게 따로 식사라도 대접하라고 어머니가 말했단다. 약간 당황스러웠지만 환자에게 불필요한 응급수술을 하게 만든 미안함에 당직이 없는 주말에 약속을 잡았다. 을지로에 있는 유명한 갈빗집에서 둘이 만나 점심을 들었다. 식사 후 의외로 따님은 영화를 보자고 했으나, 내 제안으로 다방에서 커피를 마시기로 했다. 병원 일이 밀려 초조한 나에게 그녀는 자기의 성장 이야기, 군대 간 남동생 이야기, 나를 고마워한다는 부모님 이야기 등 집안 이야기를 계속했다. 어리숙한 나는 왜 이런 대화를 하는지 전혀 몰랐다. 곧 결혼할 여자 친구가 있었으니 알았어도 별 수 없었겠지만…

사람이 병에 걸리면 마음도 약해지기 마련이다. 많은 경우 의료진의 말과 행동에 예민해지고 정신적으로 의지하기도 한다. 이럴 때 실력 있고 친절한 의사를 만나면 더욱 고맙게 느껴지고 작은 일에도 감격한다. 젊은 환자의 경우 의료인이 이성異性이라면 특별한 감정으로 진행될 수도 있다.

내과 병동에서 인턴으로 근무할 때다. 배 속에 복수가 생겨 간경화가 의심되는 20대 중반의 여자 은행원이 입원했다. 당시 간경화는 대부분 수년 내에 사망하는 치명적인 병이었다. 갓 의사가 된 나는 안타까워 성심껏 환자를 돌보았다. 그런데 교수님 회진 중에 복수의 양상이 간경화와 다르다는 사실이 밝혀졌다. 복수는 배 속에 물이 찬 것이니 환자가 바로 누우면 옆구리로 평평하게 퍼진다. 그러나 그 환자는 바로 누워도 여전히 배꼽 위가 볼록했다. 정밀 검사 결과 간경화에 의한 복수가 아니라 난소에 생긴 아주 큰 물혹이었다. 환자는 산부인과에서 수술을 받고 완치되었다. 퇴원하는 날 신이 나서 내과 병동까지 인사하러 왔기에 기쁜 마음으로 축하해주었다. 그 후 나는 시립병원으로 파견을 나갔다가 3개월 만에 본원에 돌아왔다. 병원 식당에서 식사를 하는데 전화가 걸려 왔다. 그 여자 환자였다. 안부 차 전화했노라 했다. 그런데 알고 보니 내과 레지던트와 산부인과 인턴, 레지던트 모두 같은 전화를 받았단다. 우리 근무 스케줄을 추적하고 있었던 것이다. 그 후 종종 병원 벤치에 혼자 앉아 있는 그녀를 보았다. 지나가는 남자 의사들에게 유혹의 말을 건넨다는 소문이 돌았고, 나중에는 그 일로 신경정신과 병동에 입원까지 했다. 1년 후 버스 안에서 우연히 그녀를 만났다. 나를 보고 여전히 반갑게 웃더니 이제 완치됐다고 말하며 차에서 내렸다.

원칙적으로 의사와 환자, 보호자 사이에는 어느 정도 감정의 거리를 두는 것이 좋다. 진료의 객관성을 유지하기 위해서다. 그러나 청춘 남녀가 서로 호감을 느끼고 사랑에 빠진다면 막을 수는

190

없다. 대한민국 헌법(?)에도 보장된 자유이자 권리 아닌가? 다만 감정을 발전시키고자 할 때 몇 가지 생각해 볼 것이 있다. 우선 서로의 호감이 이성적인 매력에 의한 것인지, 의사에 대한 신뢰에 의한 것인지 구별해야 한다. 질병에 맞서 싸운다는 공동의 목표와 과정에서 느끼는 동료애인지, 진정한 남녀 간의 연애 감정인지 현명히 구분해야 하는 것이다. 동료애적 호감은 하얀 가운에서 비롯된 허상과 겹쳐있어 언젠가는 걷히고 만다.

또한 이런 연애는 기본적으로 불균형한 것이라는 사실도 알아야 한다. 남녀 간의 사랑은 줄다리기여서 서로 주고 받고, 밀고 당기면서 풋사랑이 참사랑으로 익어가는데, 의사와 환자가 좋아할 때는 순조롭게 감정이 교류되기 어렵다. 의료인이 일방석 주노권을 가져 한편으로 기울어진 주행을 하는 경우도 많다.

마지막으로 추후 환자 진료에 영향을 미치지 않도록 주의해야 한다. 정말 좋은 짝을 만났다고 해도 환자-의사 관계가 완전히 끝난 후에 진행하는 편이 낫다. 정서적으로 남녀가 서로 자유로운 상태에서 운명의 끈을 잡아야 한다. 내 의견이 아니라 임상윤리학에서 정식으로 권고하는 결론이다.

의사 따라 하지 않기

일전에 W대학 교수가 직업별 평균수명을 조사했다. 종교인과 정치인, 교수 등이 장수 직업군인 반면, 언론인, 체육인, 문화인 등은 단명短命했다. 뜻밖에 의사의 수명이 상대적으로 짧아 언론에서 대서특필했다. 나는 별로 놀라지 않았다. 우리 병원 건강진단센터의 통계에서도 의대 교수의 암 발병률이 일반 검진자보다 3배나 높았기 때문이다.

왜 이런 결과가 나올까? 전문가인 의사가 자기 건강에 대해서는 소홀한 것일까? 몇 가지 이유가 있다. 우선 의사들은 어느 누구보다 심한 스트레스를 많이 받는다. 생활 자체가 과도한 업무의 연속인 데다 스트레스를 해소할 기회도 적다. 쉴 때도 머리 한구석에 중환자실이나 병실 환자 걱정이 떠나지 않는다. 수련을 마치고 전문의가 되어도 밤이나 주말에 수시로 불려나간다. 외과 의사의 응급수술은 환자의 생명과 직결되므로 항상 긴장 속에서 집도한다. 의료라는 환경 자체가 종사자의 건강에 나쁜 것이다. 무엇보다 소중한 사람의 생명을 다루기 때문에 실수가 용납되지 않는다. 그러나 의사도 신이 아닌 이상 실수할 수 있고, 실수하게 마련이다. 당위와 현실 사이의 간극, 이것을 메우려고 안간힘을 쓰다 보면 자연히 완벽을 추구하는 성격으로 변해간다. 환자의 사소한 상태 변화에도 신경을 쓰고, 끊임 없이 뭔가 확인해야 한다. 수시로 문제가 생기고 응급상황이 터지기 때문에 항상 마음이 조급하다. 점점 소심해지고 내성적이 되어 간다. 심혈관질환을 부르는 성격이 되는 것이다.

스트레스를 푸는 방법 또한 마땅치 않아 대개 술과 담배에 기댄다. 건강에 나쁘다는 것은 누구보다 잘 알아도 쉽게 헤어나지 못한다. 운동으로 해소하는 사람도 골프가 고작이다. 음악, 미술 등 예술로 승화시키기도 한다. 의과대학마다 오케스트라가 있고, 문화계 인사와 어울리는 의료인도 적지 않다. 수필을 쓰는 의사 모임도 몇 되는데 50년 이상 계속되는 모임도 있다. 그러나 모든 의사가 이러한 능력이나 선호를 가진 것은 아니다. 흥미롭게도 술과 담배가 특별히 문제가 되는 질병을 전문으로 하는 의사일수록 과음을 하고 담배를 끊지 못한다. 간 전문의가 주당이고, 폐암의 권위자가 애연가다. 일종의 항공포anti-phobia 현상이 아닌가 한다. 심리적으로 건강에 나쁘다는 것을 부정하는 한편, 본인은 예외적인 존재라고 착각하는 것이다.

의사가 아프면 진료 과정을 너무 잘 알기 때문에 아주 좋은 환자가 되거나 아주 고약한 환자가 된다. 후자가 더 많다. 가능하면 편하고 빠른 길을 택하려고 하기 때문이다. VIP 증후군도 한 몫 한다. 병이란 주로 나이가 많은 사람에게 생기기 때문에 후배 의사에게 진료를 받게 된다. 보수적인 의료계에서는 위계질서가 엄격하여 선배인 환자와 의견이 다르면 주관을 가지고 진료하기가 쉽지 않다. 환자 뜻에 맞춰준다고 꼭 필요한 진단과 치료 과정을 생략했다가 나중에 큰 문제가 생기는 경우를 VIP 증후군이라고 한다. 의사의 인간관계, 사회생활의 양상도 병의 치료에 악영향을 미칠 수 있다. 의료인은 기본적으로 베푸는 존재이므로 자신을 과대평가하는 경향이 있다. 게다가 병원이라는 온실 속에서 살아가기 때문에 비정한 세상사를 이해하고 견디는 힘이 약하다. 막상 환자 입장이 되면 변화를 받아들이기 어려운 것이다. 많은 의사가 환자에게 따뜻한 정을 주지 않는다. 암이나 뇌졸중 같이 중환자를 다루는 의사는 더 냉정하다. 따뜻한 정을 주고 받다가 악화되어

사망에 이르는 모습을 눈앞에서 보면 마음에 큰 상처를 입기 때문이다. 일종의 자기 방어인 셈이다. 환자나 보호자는 이런 사정을 이해하지 못하고 섭섭한 감정을 가지기 일쑤다. 아무튼 의료인은 소통과 감정 교류가 원활하지 못한 경우가 많다.

물론 장점도 있다. 질병의 정확한 경과나 예후를 알기에 소통이 잘 되고 쉽게 협조한다. 예방책이 있다면 제대로 적용할 수 있다. 설혹 의료진이 실수를 해도 쉽게 받아들인다. 따라서 여느 환자보다 진료하기 편하고 새로운 치료법을 적용하기도 쉽다. 때로 이러한 시도가 성공하여 극적인 효과를 보기도 한다.

의사도 평범한 인간이다. 단지 직업상 사람을 치료하고 생명을 다루는 지고한 업무를 수행할 뿐이다. 보통 사람이 성스러운 일을 하다 보니 스트레스로 자기 건강을 해치기도 하는 불쌍한 전문가다. 의사가 아닌 사람들괴 어울릴 때 우리는 먼저 이렇게 양해를 구한다. "의사 선생님의 말만 따라 하세요. 행동을 따라 하지는 마세요."

밸런타인데이에 열린 미국 암연구학회

지난 달 미국 샌디에이고에서 열린 암연구학회 심포지엄에 다녀왔다. 최신 지견 중 한 가지 주제를 선정하여 매년 2월 중순에 개최하는 모임으로 우리 실험실에 많은 도움이 된다. 올해는 특히 핵의학 분자영상이 주제로 선정되었기에 작년에 이어 참가했다. 주제가 흥미로워 가까운 동료 학자들을 여러 명 만났다. 핵의학을 35년간 하다 보니 세계적인 대가들도 알게 되고 서로 연락하며 공동연구를 하기도 한다. 우리 핵의학이 이렇게 성장한 것은 평생을 바쳐 불모지를 개척한 선생님들의 은덕이다. 스승이신 고창순, 이명철 교수님은 아시아대양주 핵의학회, 세계핵의학회와 2014년 세계분자영상학회를 서울에서 성공리에 개최하여 우리의 역량을 과시했다. 당시 사무총장, 지역대회장을 맡았던 나는 유수한 학자들과 친해질 기회가 많았다.

가톨릭 의대 명예교수인 박용휘 교수님도 빼놓을 수 없다. 선생님은 탁월한 학문적 능력으로 일찍부터 국제무대에서 활약했다. 우리나라 최초로 미국핵의학회에서 연제 발표를 했고, 미국 학회지에 논문을 실었다. 관절과 폐의 핵의학 영상에 관한 영어 교과서도 출판하여 우리 의학 수준을 높이는 데 크게 공헌하셨다. 이러한 성과로 미국핵의학회지를 비롯한 여러 학술지의 편집위원으로도 활약하셨다. 가톨릭의대를 정년퇴직할 때 미국 학회지의 편집위원 자리도 자발적으로 물러나면서 대신 나를 추천해주셨다. 나 자신도 뜻밖이었으나 개인적으로 큰 도움이 되었다. 최근 우리 핵의학이 크게 성장하면서 학술지마다 편집위원을 구성할 때 한국 대표로 나를 위촉하여 현재 10여개 학술지의 편집위원을 맡고 있다.

대가라는 분들을 가까이서 보면 평범한 사람보다 오히려 더 솔직하고 순수하다. 평생 한 가지 일에만 전력투구하다 보니 일상사에는 어수룩하기 일쑤다. 그러나 어떤 분야에서 대가가 되었다는 것은 그만큼 집중력과 끈기가 있다는 뜻이기에 일단 흥미를 느끼면 다른 분야에서 탁월한 능력을 보이기도 한다. 나는 가능하면 이들과 어울려 많은 것을 배우려 했다. 이번에 참석한 미국의 알라비 교수, 블라스버그 교수 댁에서 하룻밤 신세를 지기도 했다.

이제 환갑을 지나고 보니 이들과 우리 학자들을 연결시켜주는 일이 내 역할인 것 같다. 옛날에 고창순 선생님은 국제학회에 가시면 강의실에 들어가지 않고 로비에서 외국 학자들을 만나셨다. 처음에는 이해가 안 되었지만 그곳이 선생님의 자리였다는 사실을 이제 알겠다. 강의실에서 단편적인 지식을 얻는 것보다 로비에서 묵묵히 우리나라를 대표하고 젊은 학자들을 세계적인 대가와 연결시켜주셨던 것이다. 이번에도 내 절친인 독일의 바움 교수가 전립선암의 표적 치료에 획기적인 성적을 발표하였기에 우리나라 팀과 공동연구를 기획하기로 했다. 미국 NIH의 고바야시 선생도 박사 후 연구원 자리가 생기면 한국에서 데려가기로 약속했다. 전자기술의 발달로 원격강의가 실현된 요즘도 학술대회가 계속되는 이유는 이렇듯 사람을 만나고 정보를 공유하기 위해서일 것이다.

마지막 날의 주제는 최근 관심의 초점인 엑소좀exosome이었다. 엑소좀은 암세포에서 분비되는 10나노미터 정도의 막소포체membrane vesicle로 암세포가 다른 세포와 소통하는 중요한 통로다. DNA와 RNA, 단백질로 이루어진 엑소좀은 암세포에서 배출된 후 다른 암세포와 주위에 있는 면역세포, 혈관세포, 섬유세포 속으로 들어가 이들을 변화시킨다. 다른 암세포에 악성 형질을 전파하고, 주변 정상세포를 암의 성장과 전이를 도와주는 세포로 변형시키는 것이다. 세포 간의 소통을 조작하여 암세포의 증식과 전이를 일으키는 전략이다.

마침 2월 14일 밸런타인데이였다. 연인들이 초콜릿을 선물로 주면서 공공연하게 사랑을 고백하는 날이다. 로마 황제 클라우디스 2세가 병사들의 결혼을 금지했는데, 발렌티누스 사제가 이를 어기고 혼인성사를 집전했다가 순교한 날이라는 전설이 있다. 서양에서는 새들이 교미를 시작하는 날이라고도 한다. 우리나라와 일본에서는 여자가 남자에게 사랑을 고백하고, 한 달 뒤인 3월 14일 화이트데이에는 남자가 여자에게 선물하고 구애하는 날이라고 부추긴다. 모두 장삿속일 뿐 정작 서양에는 이런 풍습이 없다. 거리는 아침부터 예쁘게 화장을 하고 잘 차려 입은 선남선녀로 가득하고 차량은 꼬리를 물고 이어졌다. 다들 외식을 하는지 레스토랑마다 장사진이요, 가족행사도 많았다. 어린이들은 너도나도 풍선을 들고, 여성들은 미모를 뽐내려고 노출이 심한 옷을 입어 눈길을 끌었다. 미국 여자들은 대부분 뚱뚱해 몸매를 감추려는지 검정색 드레스를 많이 입었다. 사회생물학적으로 보면 자식을 낳아 자기 유전자를 퍼뜨리려는 행동이다. 밸런타인데이라는 기회를 통해 효과적으로 자신의 매력을 부각시켜 이성의 사랑을 얻고 후손을 남기려는 것이다. 미국인들은 감정 표현이 솔직하여 이런 날

엔 분위기가 우리와 사뭇 다르다. 남녀 모두 몸의 곡선이 그대로 드러나는 옷을 입고 유혹하듯 화장한 얼굴에 애교에 들뜬 말투가 노래에 가깝다. 곳곳에서 거리낌없이 포옹하고 애무하며 음악소리와 오토바이의 굉음으로 거리는 북적거린다. 85세인 지금도 병원에서 일하시는 박용휘 교수님은 남녀 간의 사랑이 세상을 움직이는 기본적인 동력이라고 하셨다. 새삼 고개를 끄덕였다. 선잠에서 깨어 새벽 2시에 나가 보니 그 때까지도 거리는 혼잡한 낮 풍경과 크게 다르지 않았다.

낮에 공부한 엑소좀과 세포 간의 소통, 암의 증식에 관한 생각이 저절로 떠올랐다. 세포, 인간, 사회 등 작거나 큰 모든 것이 서로 간의 밀접한 소통에 의해 생명력이 유지되고 발전한다. 밸런타인데이든 학술대회든 서로 유기적 관계를 맺으려는 교류의 기회다. 초콜릿은 사랑을 전달하는 일종의 엑소좀인 셈이다. 우연하게도 학회 장소가 샌디에이고 하드록 호텔Hard Rock Hotel이었다. 나이트클럽에서 흥겨운 록음악과 젊은 남녀들의 들뜬 소리가 밤새도록 계속되었다. 밸런타인데이에 열린 학술모임은 크고 작은 유기체에서 상호 소통의 중요성을 각인시켜 주었다.

일본 근대화의 영욕,
나가사키

일본 혼슈의 서쪽에 규슈가 있고, 규수 섬에서도 서쪽 끝에 나가사키가 있다. 변방처럼 보이지만 사실 17세기부터 일본이 서양과 유일하게 교역하는 항구였다. 막부는 뒤이어 들어온 그리스도교를 금지시켰지만 포교 활동을 하지 않는 네덜란드(홀랜드)와는 무역을 계속했다. 자연히 나가사키는 서양과학의 요람이 되었고 '홀랜드和蘭 학문'을 뜻하는 난학蘭學은 서양학문 전반을 지칭하는 단어가 되었다.

지난 달 나가사키 의과대학의 야마시다 교수를 방문했다. 갑상선 암 분야에서 세계적인 학자인 그는 스승 나가타키 교수의 맥을 이은 일본갑상선학회의 핵심 인물이다. 나의 은사이신 고창순 선생님이 나가타키 교수와 평생 절친하게 지내셔서 나도 이 사제지간과 친교하고 있다. 나와 동갑인 야마시다 교수는 대한갑상선학회의 초청으로 두 번 방한하여 특강을 했으나, 나는 이번이 초행길이었다. 이곳을 찾은 목적은 갑상선 암의 발병기전과 분자생물학적 진단 및 치료법을 토의하고 공동연구의 가능성을 알아보려는 것이었다. 또한 고리 원자력발전소 인근 주민이 방사능 피폭으로 갑상선 암이 생겼다고 법정 소송을 냈기에 의견을 들어보고 싶었다. 야마시다 교수는 2011년 도호쿠 대지진과 쓰나미로 발생한 후쿠시마 원전 방사능 누출 사건 후 의료대책위에 참여하고 있을 뿐더러 추후 발생할 수 있는 갑상선 암의 추적 조사 책임자다.

알려진 대로 나가사키는 1945년 8월 히로시마에 이어 두 번째로 원자폭탄이 떨어진 도시다. 당시 단 한 발의 원폭으로 24만 인구 중 7만 4천명이 사망하고 비슷한 수가 중상을 입었다고 한다. 폭탄이 떨어진 자리가 의과대학 바로 옆인데 평화공원을 조성하고 원폭피해박물관을 지어 놓았다. 박물관에서 본 원자폭탄의 폐해는 너무나 크고 비참했다. 역사상 인류가 저지른 가장 어리석고 아픈 상처 앞에 일본제국 종말을 위한 것이라는 변명은 설득력을 잃는다. 철학 없이 성장한 서양과학의 상징적인 무덤이다. 대학에는 야마시다 교수가 이끄는 원폭후장애 의료연구소Atomic Bomb Disease Institute도 있다. 70년간 원폭 피해를 연구하며 전반적인 방사선 보건 연구도 꾸준히 축적해 왔기에 후쿠시마 사태에 큰 도움이 되었다고 한다.

일본 정부의 독특한 점은 '물에는 물, 불에는 불'이라는 대응 방침이다. 즉, 후쿠시마 원전사고 지역에 원자력 시설을 지어 보상하기로 했다. 의료용 사이클론 두 대와 PET-MRI 최신 장비를 설치하여 핵의학 시설로 주민들에게 도움을 주겠다는 제안이다. 주민들도 동의하여 상당히 이성적으로 사건을 해결하고 있다. 우리나라 같으면 우선 감정적으로 대응하고 각자 이익을 한 발짝도 양보하지 않기에 타협이 어렵다. 현재 일본은 60여개에 달하는 원자려발전소를 모두 가동 중단한 채 부족한 전력은 석유와 석탄을 이용한 화력발전으로 충당한다. 이런 막대한 경제력 부담을 견디는 것을 보면 확실히 기초가 튼튼하고 우려했던 사회적 혼란도 미미하다.

나와 윤혜원 교수는 야마시다 교수 팀과 하루 반나절 유익한 시간을 가졌다. 준비한 자료를 발표하고 토론한 후 갑상선 암 연구를 서로 돕기로 했다. 일본 학자는 평생을 통해 한 가지 주제에 집중하기 때문에 연구에 필요한 인프라 물질을 많이 갖고 있다. 이번에도 갑상선의 정상세포주, 암세포주를 얻어왔고, 몇 가지 실험 프로토콜을 보내주기로 했다. 나를 비롯해서 학문 연구도 유행만

좇는 많은 한국 학자들이 배워야 할 점이다.

둘째 날 오후에는 시내관광을 했다. 나가사키 시 당국은 난학의 발생지라는 역사적 사실을 관광자원으로 개발하기 위해 많은 노력을 기울인다. 서양식 건물과 도시 모습을 복원하여 1977년 국제문화관광 도시로 선정되었다. 함께 들어온 천주교회와 순교지 등의 성지를 천주교 관련 세계 역사문화유적으로 인정받을 계획이란다. 그러나 다른 지역과 마찬가지로 주민들은 대부분 불교와 혼합된 일본 신도를 믿는다. 신자가 없는 교회는 사람 살지 않는 빈 집처럼 훈기가 느껴지지 않는다. 나가사키 항구의 밤 풍경이 홍콩, 모나코와 함께 세계 3대 야경이라고 대대적으로 선전하기에 한밤에 케이블카를 타고 이나사산 정상에 올라 시내와 항구를 둘러보았으나 기대에 미치지 못했다. 선정 과정을 찾아보니 2012년에 3천 명으로 이루어진 야경 심사단이 나가사키 시에서 '야경 SUMMIT 2012' 회의를 하고 전 세계 40개 후보 도시 중에서 선정했다고 한다. 홈 그라운드의 이점이 의심되는 부분이다.

외국 문물이 들어오면서 음식도 일본화되었다. 포르투갈 케이크를 물엿으로 변형해서 일본인 입맛에 맞는 카스텔라를 만들고, 뱃길 따라 정착한 중국인들의 초마면 역시 나가사키 짬뽕으로 변하여 이곳의 명물이 되었다. 짬뽕의 원산지에는 불교 사찰을 방불

케 하는 중국풍의 5층짜리 큰 식당을 만들고, 발아래로 시가지가 굽어 보이는 구르바 언덕 위에 서양풍 주택단지를 복원해놓았다. 일본식 서양식품의 발상지라는 지유테이에서 커피와 카스텔라를 먹어보았다. 윤선생 말대로 대학로 '학림'과 분위기가 비슷한 이곳의 카스텔라는 자라메라는 각진 설탕을 깔고 구워내 단맛이 진했다. 푸치니가 작곡한 오페라 〈나비부인〉의 가상적 무대라고 작곡자와 나비부인의 조각상도 세워 놓았다.

인구 40만명의 아담한 중소도시인 나가사키는 한적하여 학문을 하기에는 안성맞춤이다. 그러나 몇 년 후면 도쿄까지 고속전철 신칸센이 개통된다. 혼슈와 규슈 사이를 해저터널로 연결하여 이미 후쿠오카까지는 기차가 닿았다고 한다. 시민들은 기대에 차 있지만 부작용으로 역사 유적의 상품화가 가속화될 것이다.

바로 이곳에서 일본은 우리보다 앞서 서양문명을 도입하고 그 힘으로 한국, 중국, 필리핀, 베트남, 말레이시아를 식민지로 삼으며 승승장구했다. 그러나 바로 이 도시에 투하된 원자폭탄을 끝으로 패망하고 말았다. 이런 영욕의 역사가 상품화된 유적을 보노라니 지나간 역사에서 이익을 챙기는 것보다 앞으로 살아갈 방향을 찾는 것이 더 중요하다는 생각이 든다.

이웃의 과거와 현재를 지켜보며 빛과 그림자를 찾고 배운다면 개인과 사회의 올바른 좌표를 설정하는 데 도움이 되지 않을까? 학문의 자세, 대학의 사회 참여, 역사 유적의 활용, 원자력발전소 운영, 과학 발전에서 철학의 역할 등 많은 분야에서 말이다.

마지막 명강의

내가 의과대학에 다닐 때 B교수님은 강의를 잘 하시기로 유명했다. 그때는 칠판에 분필로 판서하며 수업하는 경우도 많았는데 선생님은 글씨도 명필이었다. 큰 키에 용모도 요새 말로 훈남이셔서 수업시간에 선생님이 들어오시면 여학생들이 즐거워했다. 강의는 논리적으로 명쾌하여 이해가 잘 됐고 시간도 정확하게 지켰다. 또한 지루해지기 쉬운 기초의학 지식을 실제 환자의 증례와 연결시켜 흥미를 잃지 않도록 했다. 컴퓨터를 사용하지 않던 시절이었지만 환등기용 슬라이드로 다양한 증례의 환자 모습이나 검사 소견을 보여주며 이해를 도왔다. 알츠하이머 치매 증상에 대한 강의는 지금도 기억이 생생하다. 이 병에 걸리면 최근에 얻은 기억부터 없어진다고 하면서 며느리는 못 알아봐도 아들은 금방 안다고 설명하니 과연 수십 년이 지난 지금까지도 잊혀지지 않는 것이다.

선생님의 명강의는 저절로 얻어진 게 아니라 많은 준비와 노력의 결과였다. 가난한 시절이라 방학이면 학교 건물의 실내 온도를 조절하지 않았다. 하지만 선생님은 무더운 여름이든 냉기가 **몸 속을** 파고드는 겨울이든 밤 늦도록 혼자 연구실에 남아 일했다. 이런 노력이 결실을 맺어 학술상도 많이 받았다. 또한 선생님은 우리나라 의학교육의 선구자였다. 선진국에서 의학교육학 연수를 받고 돌아와 전국적 시스템을 만들고 새로 발령받은 의대 교수들에게 전수했다. 우리나라 의과대학 강의법의 표준을 만든 것이다.

B교수님의 교육과 학문에 대한 애정은 실로 대단했다. 학생 담당 교수가 아니면서도 스스로 나서 문제 학생들을 따로 지도하고, 여느 선생님과는 달리 학교 축제에도 적극 참여했다. 내가 학술반장으로 타교 교수님을 초청하여 특강을 개최했는데 연락도 하지 않은 B교수님이 참석해 자리를 빛낸 적도 있다. 학생들이 희망하는 장래 진로를 손수 설문 조사하기도 했다. 90%의 학생이 대학교수를 선호한다는 결과가 나오자 아주 흡족해하시면서 대학 교육에 반영해야 한다고 주장했다. 나는 선생님 자신이 멋진 '롤 모델'이었기에 이런 결과가 나왔다고 생각했다. 선생님은 학문뿐 아니라 삶 자체에 남다른 집념이 있었다. 중년에 뇌졸중에 걸렸으나 강한 의지로

철저하게 관리하고 꾸준히 운동하여 완전히 회복했다.

선생님은 이러한 태도와 노력을 인정받아 젊을 때부터 학교의 중요 보직을 두루 거쳤다. 실무형인 그는 철저하게 직무를 수행해 오히려 교수들 사이에서는 인기가 없었다. 5공화국 뒤로는 학장을 교수들이 직접 선거하여 뽑았는데 여건이 안 된다고 판단해 한 번도 출마하지 않았다. 학교 행정 경험이 풍부한 기초의학 교실의 원로 교수로서 쉽지 않은 결정이었다. 다른 후보와 달리 객관적이고 상식적인 판단을 하셨던 것이다. 그렇다고 속이 좁거나 자기 이익을 챙기는 분은 아니었다. 내 전공인 핵의학은 신생 학문으로 선배가 적어 내가 젊은 나이에 책임자가 되었다. 보수적인 의료계에서는 선후배 관계가 엄격하여 합리적인 일 처리가 어려울 때가 있다. 서로 의견이 다르거나 이해관계가 엇갈려 B선생님과 부딪히기도 했는데 항상 너그럽게 받아주고 나중에 회식자리에서 만나면 젊은이는 패기가 있어야 한다고 격려했다.

정년퇴임 후에는 기다렸다는 듯 신설 지방국립 의대에서 학장으로 모셔갔다. 풍부한 행정 경험에도 불구하고 학장을 못했던 B선생님은 뜻을 마음껏 펼쳐 학교가 자리잡는 데 크게 기여했다. 특히 전산교육을 강조해 타 대학보다 앞서 활용했다. 강의 내용을 인터넷에 올려 공유하고, 원내 행정과 소통에 컴퓨터를 이용했다.

이렇게 맹활약하던 선생님이 70대 중반에 치매에 걸렸다는 소식을 들었다. 과거 뇌졸중으로 손상된 대뇌 조직에 알츠하이머 병이 겹친 것이다. 얼마 전 병원 행사 때도 말씀에 조리가 없어 혹시나 했던 기억이 스쳐갔다. 그렇게 논리적이고 명석한 분이었는데 최근에 급속히 진행되어 요양원에 입원했다는 소식이 뒤따랐다.

얼마 후, B교수님의 전공 학회가 대구에서 열렸다. 학회 진행을 맡은 학술이사는 한참 전에 특강을 부탁했지만 요양원 입원 소식을 듣고 못 오실 것으로 판단하고 프로그램을 변경했다. 사정을 모르는 B선생님은 병중에도 강의 요청만은 기억해 학술대회에 가야 한다고 가방을 들고 요양원을 나섰다. 학회에는 안 오시고 선생님 소재를 아는 사람이 없으니 학회장이 발칵 뒤집혔다. 주임교수 이하 모든 의국원이 학회를 뒤로 하고 시내를 뒤진 끝에 동대구역 앞 허름한 호텔에 넋을 잃고 앉아 계신 B교수님을 찾아냈다. 대구까지는 어떻게 기차로 왔지만 학회 장소를 못 찾은 것이다. 만나자마자 선생님은 반색을 하시더니 강의에 늦으면 안 된다고 의국원을 다그쳤다. 들고 온 가방 안에는 USB 대신 그 옛날의 환등기용 강의 슬라이드가 가득했다. 슬라이드마다 정성스럽게 손으로 쓴 제목이 달려있었다. 그 멋진 글씨와 선생님의 멍한 눈동자를 번갈아 보던 애제자 주임 교수는 끝내 참았던 눈물을 흘리고 말았다.

내가 만난
지제근 교수님

선생님을 처음 뵌 날이 지금도 눈앞에 선하다. 의대 다닐 때 나는
취미활동으로 야구부에서 운동을 했다. 3학년이 시작되고 얼마 안
된 토요일 오후였다. 연세의대와 친선 체육대회를 앞두고 연습 삼
아 캐치볼을 하는데 운동장을 지나던 낯선 젊은 교수님이 상의를
벗으며 같이 공을 던져 보자고 했다. 능숙한 자세로 볼을 주고받
는데 공에 힘이 있어 저런 분이 야구부 지도 교수가 되면 좋겠다
고 생각했다. 사실 그 정도가 아니라 호리호리하고 약간 장신인
체격, 지적인 얼굴에 밝은 표정, 상냥하지만 깍듯하게 우리를 대
하는 태도에 한눈에 반했다. 선생님은 하느님이 특별히 만든 '인간
명품'이었다. 스마트, 탁월, 핸섬, 예의 등이 선생님에게 어울리는
단어였다. 온화한 인품을 갖춘 선생님을 만날 때면 기분까지 유쾌

해졌다. 교수님의 경력을 알고 나니 더욱 존경스러웠다. 경기고등학교와 서울의대를 졸업한 엘리트로 서울대에 봉직하다가 하버드 의대에 유학하여 그곳에서 신경병리학 교수가 된 전설 같은 분이었다. 당시 권이혁 학장님이 고국의 의학 교육과 연구에 기여하자고 설득해 귀국하신 것이었다. 신경병리학을 전공하셨지만 소아 병리학 분야도 개척하여 학문적 발전은 물론 행정적으로 자리를 잡는 데 공헌하셨다. 교수님은 천성이 학자였다. 방학 때면 당신의 전문분야에 연계되는 신경해부학, 신경발생학 등 기초의학 강의를 개설했는데, 솔직히 학생 때 전공 교수님께 배운 것보다 훨씬 쉽고 명확하게 익힐 수 있었다.

논어의 첫 문장은 잘 알려진 대로 "배우고 때로 익히면 또한 기쁘지 아니한가學而時習之 不亦說乎?"이다. 학문하는 자세는 서양도 한 가지였다. 기본 학문인 철학philosophy은 고대 희랍어의 필로소피아 philosopia, 즉 '사랑한다는 philo'와 '지知의 sopia'를 합친 단어다. 일본에서 만든 번역어인 '철학'보다 '애지학愛知學'이 더 정확한 표현일 텐데 결국 공자님의 말씀과 같은 뜻이다. 선생님은 평생 이러한 말씀을 생활화하신 분이다. 곁에서 본 것만도 여러 번이다. 내과 전공의 시절, 호흡곤란 환자를 보게 되었다. 한용철 교수님의 권유로 폐조직 검사를 시행해 희귀한 병리형의 간질성 폐렴을 찾았다. 학계에 보고하고자 폐 병리 담당 교수님께 여러 번 부탁드렸으나 답이 없었다. 우연히 연구실에 오신 지제근 선생님께 말씀드렸더니 즉시 선명한 현미경 사진과 병리소견서를 보내줘 가치있는 논문을 쓸 수 있었다. 또 한 번은 개에서 항암제 아드리아마이신의 심근 독성 모델을 만들어 핵의학 영상으로 분석하는 실험을 할 때였다. 아드리아마이신을 과다하게 주사했던지 개의 심근기능이 갑자기 떨어지더니 그만 죽어버렸다. 심장근육의 병리소견이 필요했던 나는 무작정 개를 들쳐 업고 병리과로 갔다. 복도에서 마주쳐 내 설명을 들은 선생님은 바로 부검실에 들어가 죽은 개를 해부해서 주요 장기를 떼어 주셨다. 능숙한 솜씨로 부검하는 과정을 지켜보던 나는 감탄을 금치 못하며 옛 이야기 한 편을 떠올렸다.

"제나라의 포정庖丁은 최고의 백정이었다. 그는 소를 겉모습으로 보지 않았다. 마음의 눈으로 살과 뼈, 근육 사이의 틈새를 보아 그 사이로 칼을 지나가게 하니 피 한 방울 흘리지 않고, 칼날 한 곳을 상하지 않고도 능히 한 마리 소를 잡았다. 문혜왕은 포정이 도를 얻은 경지에 이르렀다고 감탄했다."

선생님이 바로 그러했다. 하찮은 레지던트의 무리한 부탁에도 당신 일을 제쳐놓고 도와주셨다. 진심으로 '학이시습지 불역열호 學而時習之 不亦說乎'와 '애지愛知'의 정신을 구현하고 계셨기 때문이다.

선생님은 의학 외에 인성교육도 중시하셨다. 일찍부터 의학교육학회 회장과 대한의학회 회장을 역임하고 의학계에서 말이 통하는 대표적 인물로 각종 인문의학, 사회의학 분야에서 맹활약하셨다. 졸저 〈젊은 히포크라테스를 위하여〉를 냈을 때 주말에 완독하고 바로 일요일 아침에 전화로 격려해주시던 낭랑한 목소리가 아직도 귓가에 맴돈다. 내가 서울대학교병원 의학역사문화원장이 되면서 선생님을 더 가깝게 모실 수 있었다. 월례 세미나에 사모님과 꼭 함께 나오셨는데 강의를 들은 후 식사라도 대접할라치면 미안하다고 마다하셨다. 국제 심포지엄 때 어려운 부탁으로 기조 강연을 요청해도 흔쾌히 받아주셨다. 뛰어난 강의를 들었음은 물론이다. 최근 빈혈이 조금 있다고만 하셨는데 갑자기 선생님의 부음을 들으니 정신이 아득하고 막막하다. 학문에 탁월하면서도 더한 열정이 있었고 높은 인품이 정갈하여 마치 한 마리 학 같으셨던 선생님! 선생님의 뛰어난 인품과 애지愛知 정신을 잊지 않고 후학에게 전수하겠습니다. 이제 편히 극락이나 천당으로 가시기를 정성으로 기원합니다.

이문호 교수
10주기를 추모하며

2014년 12월 5일은 청봉 이문호 교수님이 타계한 지 10주년이 되는 날이다. 한국 의학계의 '대부godfather'로 추앙받는 선생님은 아마 의사로서는 어느 누구보다도 화려한 일생을 사신 분일 것이다. 흘출한 체격에 뚜렷한 이목구비, 수많은 연구논문과 유수한 제자들, 대한의학회 회장에 한국보건의료인 국가시험원장이라는 직위.... 그러나 그를 진정한 보스로 만든 것은 무엇보다도 의료계의 신망이었다.

선생님은 1922년 황해도 연안에서 태어나 해주고등보통학교를 거쳐 경성제국대학 의학부에 입학했다. 보통학교 교사였던 아버지의 권유로 자유로운 직업인 의사가 되기를 꿈꾸던 그에게 생각지도 않은 기회가 왔다. 졸업반 되던 해에 해방이 된 것이다. 대학에 진을 치고 있던 일본인 교직원은 모두 떠나고, 소수에 불과했던 한국인 선배들은 학문의 길에서 멀어진 상태라 졸업생들이 대학을 지키고 키워야 했다. 선생님의 대학동기 15명은 '일지회一志會'를 조직하고 한국의학을 발전시키기 위해 각자 다른 전공을 택하여 각 분야를 이끌게 된다. 선구자의 숙명을 성공으로 이끈 것은 청봉 선생님의 혜안과 실천력이었다. 그는 사물이나 사안의 핵심을 파악하는 능력이 뛰어났으며 적절하고 구체적인 방법과 행동으로 문제를 해결하고 목표를 성취했다. 3년간의 독일 연수 중 방사성핵종을 이용한 진료와 연구로 귀국 후 어렵지 않게 스타 교수가 된 선생님은 윗사람이 거의 없는 의학계에서 넉넉한 인품과 왕성한 활동으로 중심 인물이 되었다. 젊어서 의학계의 대표가 된 그는 정부를 설득하여 의료인의 국가고시를 이관 받아 성공적으로 운영했다. 전문분과학회 협의회장을 맡은 후에는 이 단체를 확대 발전시켜 대한의학회를 발족했는데 이는 전문가 집단인 의료계가 자율적 능력을 고양하는 계기가 되었다. 작금의 의료계 지도인사들이 배워야 할 대목이다.

선생님의 학문은 일생 동안 꾸준히 변화하며 발전했다. 독일의학의 영향하에 있던 일제시절에 의학부 학생이었던 그는 해방 후 미국으로 주도권이 넘어간 상황에서도 학창시절의 꿈을 좇아 독일유학을 간다. 관심 분야였던 혈액학의 대가를 찾아 프라이부르크대학 하일마이어 교수에게 지도를 받던 중 방사성동위원소를 이용한 새로운 의학을 접한다. 귀국 후 서울의대 부속병원에 '방사성동위원소 진료실'을 개설하고 30대 젊은 나이에 책임자가 된다. 방사성동위원소가 가장 유용하게 쓰이는 분야는 갑상선질환이었으나 방사성 레노그램으로 신장질환도 연구했다. 당시 유행성 출혈열이 사회적 이슈가 되었는데 콩팥의 병변을 연구하다 감염학에 관심을 두게 된다. 혈액학, 갑상선학, 신장학, 감염학으로 이어지는 학문적 추구는 욕심 많은 팽창주의가 아니라 연구에 대한 선생님이 끊임없는 열정과 관심의 결과였다. 그 결과, 내과의 다양한 전문 분야에 걸쳐 제자들을 키웠고 서울의대 내과학 교실에 10명이 넘는 직계 제자가 소위 '이문호 사단'을 구축하게 된다. 이문호, 고창순, 이정상 교수님이 주축이 되어 팽창하는 이 집단을 일부에서는 동위방이라고 부르며 견제하기도 했다. 유수한 제자들을 길러낸 데는 청봉 선생님의 보스 기질이 큰 역할을 했다. 그는 항상 제자의 양성과 관리에 신경을 썼다. 망년회에서는 모든 제자의 학위논문 주제를 외워서 소개하고 수련이 끝나는 제자들에게 "내 어깨를 딛고 한 단계 더 올라가라"고 격려했다. 매년 정초에는 OB까지 포함한 제자들을 집으로 초대하여 친목을 다졌다.

이문호 교수님은 개인적인 매력이 있는 분이었다. 큰 키에 출중한 외모를 타고난 데다 항상 말쑥하고 세련된 옷을 입었다. 능력에 대한 자기 확신에 포용력까지 갖추었으니 사회학에서 말하는 '이미지 관리image management'에 성공한 경우다. 우리나라 의학계의 자랑스러운 대표로 동료와 후배들의 전폭적인 지지를 받아 교수회의에서 인사위원을 선출할 때마다 가장 많은 표를 얻었다. 한번은 주임교수 회의에서 격렬한 토의 중에 "내과를 제외한 기타 잡과는 조용히 하세요"라고 한 적도 있다. 다른 사람이라면 망언 사건으로 비화되었겠지만 청봉 선생님은 그만한 자격이 있다고 인정되어 별일 없이 넘어간 것은 물론, 나중에는 일종의 유행어가 되었다. 내가 전공의 때 선생님께 받은 인상은 매우 학구적이라는 점이었다. 진료나 연구 모임에서 최신 지견을 뜻밖에 언급하셔서 놀란 적이 한두 번이 아니다. 학문을 중시하는 태도는 보통학교 교사였던 아버님과 학창 시절 배운 독일의학의 영향일 것이다. 선생님은 평소에 "다시 태어나도 의사와 의대교수가 되겠다"고 하셨다. 어려서부터 키운 학문적 열망에 시대적 요구, 개인의 능력과 노력이 결합되어 마침내 의학계를 이끌 실력을 갖게 된 것이다.

선생님은 개인적으로 아주 자상한 성격이었다. 망년회에서는 애창곡으로 〈나 혼자만의 사랑〉〈검은 장갑의 여인〉 같은 서정적인 노래를 옐로우 보이스로 부르곤 했다. 제자인 최성재 선생이 불의의 사고로 사망했을 때 울먹이시던 표정이 떠오른다. 선생님의 섬세함은 해외유학이나 여행 시에 사모님과 자녀에게 보낸 편지에서 뚜렷하게 나타난다. 선생님은 1948년 부속병원 내과 조무원(지금의 조교) 시절에 경기여고를 졸업하고 이화여대에 갓 입학한 송귀순 사모님과 결혼을 했다. 뜻밖에 연애결혼이었다. 당시 선생님은 해방 후 귀국한 해외동포를 구호하고 치료하는 일에 관여했다. 이 일로 보건부 송찬도 구호국장 댁에 자주 드나들다가 그 댁 따님을 눈여겨보고 구애 끝에 결혼한 것이다. 서구적 외모의 선생님은 전형적인 북방계 미인인 사모님을 열렬하게 사랑했다. 외국 여행 중 수시로 편지를 보내셨는데 그 속에 담긴 애정 고백은 우리가 아는 선생님이라고는 상상할 수 없을 정도다. 홀로 된 시아버지와 미혼의 누이가 넷이나 있는 가정을 아무 불평 없이 원만하게 꾸려가던 사모님에 대한 고마움도 있었으리라. 하여튼 사모님은 경제적인 능력도 발휘하셨고 3남 1녀의 교육뿐 아니라 제자들의 관리까지도 탁월했다. 정초에 세배 차 댁에 가면 우리를 맞는 태도나 음식에서 말할 수 없는 성의가 느껴져 황송할 정도였다. 선생님과 사모님의 정성에 우리는 제자로서 자부심을 느꼈다.

특이하게 이문호 사단은 교수 부인끼리 모임을 만들어 친목을 다져왔다. 처음에는 다소 어려웠으나 30년 넘게 부부동반 식사, 여행 등으로 소통과 우의를 다져 가족 같은 분위기가 되었다. 이문호, 고창순 두 분 교수님이 타계한 지금도 사모님들이 모임에 나온다. 가끔 우리와 식사도 하셔서 반갑고 안심이 된다. 이문호 교수님이 돌아간 후에도 사모님의 사랑은 계속되고 있다. 경기도 곤지암에 일층 벽돌집을 짓고 조그마한 개인 박물관을 만드신 것이다. '청봉사랑방'이라 명명된 집에는 선생님의 모든 유품이 정리되어 있다. 흉상, 훈장, 문방구, 수첩, 여권, 편지, 신문 스크랩, 학사 서류(졸업장, 학위기), 감사패, 직원증, 책, 기증물 등이 가지런히 놓여 있다. 선생님의 숨결이 어린 유품들을 보면 사모님의 정성이, 아니 두 분의 애정이 얼마나 지극한지 느껴진다. 이번 10주기를 맞이하여 사모님은 중요한 결심을 하셨다. 선생님의 일부 유품을 서울대학교병원 의학박물관에 기증하기로 한 것이다. 박물관 측은 조그만 특별 전시공간을 꾸며 유품을 수개월간 전시했다. 제자들은 그 뜻을 기리고자 간단한 행사를 갖고 유품 도록집을 발간했다. 제자들의 성금이 쇄도하여 남은 금액을 박물관 발전기금으로 기부도 했다. 선생님이 안 계신 지금도 계속되는 '진정한 대부'의 아름다운 이야기다.

꿈길에서 만난
선생님

꿈길 밖에 길이 없어 꿈길로 가니

그 임은 나를 찾아 길 떠나셨네

이 뒤엘랑 밤마다 어긋나는 꿈

같이 떠나 노路 중에서 만나를 지고

꿈길 / 황진이 시

    2015년 8월 6일 오늘은 고창순 선생님이 돌아가신 지 3주기가 되는 날이다. 선생님은 우리나라 핵의학과 갑상선학의 선구자로 서울대학교 의과대학 교수로 있으면서 제자를 기르고 학문의 토대를 만들었다. 80 평생에 세 가지 암을 극복해낸 의지의 투병 경력으로도 유명하다. 졸저 〈소소한 일상 속 한줄기 위안〉에도 썼지만 긍정적이며 포용력과 따뜻한 인간미가 있어 많은 제자들이 진심으로 따랐다. 1주기 때는 선생님의 회고록 〈도전과 화합으로 걸어온 삶〉을 발간하고 추모하는 모임을 가졌다. 이영희 조각가가 만든 흉상이 놓인 핵의학과 의국에서 제자뿐 아니라 친척과 친구들이 모여 선생님과의 인연을 회상했다. 생전의 모습을 동영상으로 만나고 삼보컴퓨터의 이용태 회장님은 서로의 우정을 만가輓歌로 소개하기도 했다.

작년 8월 초 어느 날 밤 꿈 속에 고 선생님이 나타나셨다. 선생님은 아직 살아있다며 그 당시 담당 의사가 착각했다고 주장하시는 것이었다! 나는 살아 계시면 물론 좋지만 그 때의 의학적 상황으로 보아 무리라고 생각했다. 아무리 꿈이지만 인정하기 어려웠다. 그래서 같이 오신 사모님을 구석으로 모시고 가 상의하니 나와 같은 생각이었다. 내가 돌아가신 것이 확실하다고 설득했더니 선생님께서는 몹시 섭섭해하셨다.

아침에 일어나 생각하니 선생님을 꿈에서 뵙기도 처음이고 내용도 기이했다. 병원 일이 많아 잠시 잊고 있었는데 오후에 치과병원에서 연락이 왔다. 의료정보학을 맡아 선생님을 따르던 김 교수였다. 모레가 기일인데 특별한 행사가 없느냐는 질문을 듣고서야 나는 2주기가 된 것을 깨달았다. 내가 기억을 못하고 있으니 선생님이 직접 찾아온 것이다. 사모님께 전화해 날짜를 잊은 것을 사죄하고 꿈 이야기를 하니 웃으시면서 보고 싶은 사람 꿈에는 왜 안 오냐고 했다. 그래도 은사님이 나타나 당신이 아직 살아있다고 한 꿈이 기이하기는 마찬가지였다. 단지 2주기를 알려주려고 나타나셨나?

심리학과 정신과학에서는 꿈을 아주 중요하게 생각한다. 프로이트는 꿈은 정신활동의 일부로 그 내용이 의미가 있다고 설명했다. 일상적 정신활동과 연결된 고리로 현실의 어떤 요소를 꿈으로 대체하려고 한다는 것이다. 때로는 상징적으로 현실의 소원을 투사하고, 걱정을 반영하기도 한다. 이런 복잡성 때문에 "아는 만큼 보인다"는 말은 꿈의 해석에도 해당된다.

어떤 이들은 꿈이 현실 파악과 예지 능력도 있다고 주장한다. 나도 경험이 있다. 2009년 대한의학회에서 주관하는 바이엘쉐링 임상의학상 수상자로 선정되기 전날, 19년 전에 돌아가신 아버지가 처음으로 꿈에 나타나셨다. 아무 말씀도 없이 잠시 만났을 뿐이지만 나는 일이 잘 된 것을 직감했다. 고등학교 3학년 때, 고향에서 잠시 올라온 고모할머니가 옆방에서 주무시다가 탐스러운 돼지새끼들이 우리 집 대문으로 들어오는 꿈을 꾸었다. 선잠에서 깨어보니 내 방에 불이 켜져 있어 원하는 대학에 합격할 것을 예상했단다(고백하건대 사실 그 시각에 나는 책을 보다가 졸고 있었다).

일년이 지난 오늘에야 나는 선생님이 꿈에 나타난 의미를 알 것 같다. 졸저 〈참 좋은 인연〉에 고창순 교수님을 회상하며 나는 이렇게 썼다.

짚단으로 만든 횃불이 살아서 넘어가면 짚은 재가 되어도 불길은 계속 살아있다. 고 선생님의 핵의학, 갑상선학을 우리 제자들이 대를 이어 전수받았다. 이 불길을 더 키워서 환하게 세상을 밝게 하는 것이 우리 몫이다. 이것은 선생님의 삶과 생명이 대를 이어 오랫동안 지속되는 길이기도 하다.

그렇다면 선생님은 육신은 세상을 떠나셨어도 학문적으로 영원히 살기를 원하시는 게 아닐까? 선생님이 안타깝게 세상을 떠난지 3년이 되는 오늘 그리움과 함께 선생님의 학문적 유전자인 핵의학과 갑상선학을 한층 발전시키겠다고 다짐해본다. 더 욕심을 낸다면 우리가 이 업적으로 상을 받았으면 좋겠다. 그 소식을 알려주려고 또 꿈속에 찾아 오실 테니 다시 한번 선생님을 반갑게 만날 수 있지 않겠는가!

주선酒仙의 형님

의학계에는 음주를 즐기는 사람이 많다. 밖에서는 어떻게 보일지 몰라도 환자 진료와 의학 연구는 힘든 일이다. 극심한 스트레스를 술로 해소하려는 사람이 많은 것은 의사도 마찬가지다. 우리 병원에도 두주불사파가 많지만 주량과 패기 면에서 K선생님을 따라올 사람이 없다. 많은 일화가 전설로 남아 있지만 몇 가지만 간추려 본다.

나는 학생 때 거의 술을 하지 않았다. 아버님은 맥주 한 잔이면 만취할 정도였는데 그 유전자를 물려받은 나도 별반 다르지 않았던 것이다. 내과 레지던트가 되어 입국하니 교수님과 선배 중에 음주를 즐기는 분이 많았다. 진료와 연구로 힘들게 보낸 하루의 스트레스를 풀고자 저녁이면 동숭동이나 종로에 모여 술을 마셨다. 나는 체질도 허약한 데다 술 실력도 형편없었지만 보조를 맞추느라 위장약을 먹어 가며 쫓아다녔다. 당시는 선생님과 제자 사이에 벽이 없이 서로 어울려 음주를 즐겼다. K교수님은 학내에서도 유명한 주선酒仙, 즉 '술의 시선'이셨다. 뛰어난 학문적 업적을 이룬 분답게 남에게 지기 싫어하는 성격이 술에도 그대로 나타났다. 술깨나 한다는 레지던트가 입국하면 단 둘이서 술대결을 벌였다. 예외 없이 레지던트는 만취하여 의식불명이 되고 교수님은 유유히 자가용으로 귀가했다.

한번은 야간당직을 서는데 고창순 교수님과 K교수님이 어깨동무를 하고 나타나셨다. 자정이 되면 통행금지가 내려지던 시절이었다. 늦도록 술을 드시다 댁에 못 들어가고 병원으로 오신 것이다. 마침 특실이 비어 모시고 올라갔는데 두 분이 의논하더니 K교수님은 고 선생님 댁으로, 고 선생님은 K선생님 댁으로 전화를 했다. 같이 있으니 걱정 말라고 안심시키려는 것이었다.

또 한 번은 주말 당직 때 K선생님이 밤늦게 병원에 들어오셨다. 모든 병동과 응급실에 있는 내과 레지던트를 불러 모아 노고를 위로하더니 술을 한 잔씩 주면서 그 자리에서 마시게 했다. 응급실 당직이었던 나는 위스키 한 잔에 만취하여 그만 쓰러져 잠이 들고 말았다. 얼굴에 서늘한 바람을 느끼며 깨어나니 아침이었다. 응급실 당직이 하룻밤 내내 쿨쿨 잠을 잔 것이다! 벌떡 일어나 응급실로 달려가니 간호사들 얼굴에 화난 표정이 역력했다. 환자가 왔으나 연락은 안 되고 K교수실로 전화를 한 간호사는 잠을 깨웠다고 야단을 맞았다. 할 수 없이 모든 내과 환자는 내 동기생 외과 레지던트가 처리하고....

K선생님은 평소에 엄격했으나 술자리에서는 유쾌하고 부드러웠다. 특히 만취한 사람에게 잘해주셨다. 당시는 신년 초에 교수님 댁으로 세배를 다녔는데 K교수님 댁에 가면 일단 현관에서 양주 한 잔을 먹어야 들어갈 수 있었다. 술이 약한 초년생들이 집안 여기저기 쓰러져 있어 역시 술에 취한 생존자(?)들이 비틀거리며 걸어 다니다 발이 걸려 넘어지기도 한두 번이 아니었다. 화장실에 들어가면 선생님이 즐겁게 휘파람을 불면서 토사물에 막힌 하수도를 뚫고 계셨다.

교수님이 우리와 자리를 자주 갖는 것은 사실 친목을 다지려는 의도였다. 같이 술을 마시면 빨리 가까워지고 쉽게 소통이 되지 않는가. 선생님은 "서로 살을 비빈다"고 하셨다. 선생님에게서 벼룩의 혈압과 맥박수를 배운 것도 술자리에서다. "지구의 중력 때문에 세상의 모든 동물이 혈압은 같고, 맥박수는 체중에 반비례한다. 그러니 벼룩의 혈압은 120/80 mmHg이고, 심장은 일 분에 수

천 번을 뛸 것이다." 생명의 중요한 진리가 명쾌하게 드러나는 학구적 술자리였던 셈이다.

사건은 예고 없이 터졌다. 내과 병동에 파견 나온 인턴을 송별하기 위해 몇 명이 종로에서 저녁을 먹었다. 딘골 맥줏집에 가니 K교수님이 혼자 앉아 계셨다. 우리를 보고 얼굴에 생기가 돈 선생님은 반갑게 우리를 불러 옆에 앉혔다. 교수님은 안쪽 자리, 그 옆에는 동료 레지던트, 맞은 편에 내가 앉았다. K선생님은 제자에게 음주를 권하는 방법이 독특하다. 우선 시켜놓은 술을 다 마시면 집으로 갈 듯한 태도를 보인다. 우리들이 열심히 마셔 자리를 끝내려고 하면 다시 술을 더 주문하는 식이었다. 꼼짝없이 과음을 하게 되는 것이다. 내심 불안했다. 나도 문제지만 동료는 나보다 술을 더 못했던 것이다. 드디어 올 것이 오고 말았다. 술에 취한 동료 레지던트 P가 화장실에 가려고 일어나는 선생님 길을 막는 것이었다. 처음에는 설마 했다. 그러나 할 수 없이 다시 자리에 앉아 맥주를 마시던 선생님이 급하게 되어 화장실을 가려는데 또 못 나가게 하는 것이 아닌가! 술에 취한 제자를 야단칠 수도 없고 세 번째 탈출 시도에도 실패한 선생님은 몹시 급하셨던지 애원하기 시작했다.

"P형, 한 번만 봐 줘."

그 말을 듣고서야 용감한 동료는 길을 터주었다.

다음날 K교수님의 병실 회진 시간이었다. 제자들의 긴 줄을 이끌고 병동에 오신 선생님은 P레지던트를 보자 엄숙했던 얼굴에 환한 미소를 띠면서 이렇게 말했다.

"P형, 한 번만 봐 줘."

지금까지도 선생님은 그를 P형이라고 부른다.

의학의 창에서 바라본 세상

1판 1쇄 인쇄 2016년 5월 1일
1판 1쇄 발행 2016년 5월 1일

지은이   정준기

발행인   원경란
기   획   강병철
편   집   양현숙 강경완
디자인   박보희

펴낸곳   꿈꿀자유 서울의학서적
주소   제주특별자치도 제주시 국기로 14 105-203
전화   편집부 010-5715-1155 | 마케팅부 070-8226-1678 | 팩스 0505-302-1678
이메일   smbookpub@gmail.com
홈페이지 www.smbookpub.com
등록   2012. 05. 01 제 2012-000016호

ISBN   979-11-87313-01-4 (03810)